共和国的历程

抗洪精神

军民合力抗击江流域历史罕见特大洪灾

陈栎宇　编写

蓝天出版社　吉林出版集团有限责任公司

图书在版编目（CIP）数据

抗洪精神：军民合力抗击长江流域历史罕见特大洪灾 / 陈栎宇编写.
—北京：蓝天出版社，2014.10（2023.3重印）
（共和国的历程）
ISBN 978-7-5094-1255-8

Ⅰ．①抗… Ⅱ．①陈… Ⅲ．①革命故事－作品集－中国－当代 Ⅳ．①I247．8

中国版本图书馆 CIP 数据核字（2014）第 232651 号

抗洪精神——军民合力抗击长江流域历史罕见特大洪灾

编　　写：陈栎宇
策　　划：金永吉　荆忠峰
责任编辑：梅广才　王燕燕
出版发行：蓝天出版社　吉林出版集团有限责任公司
地　　址：北京市复兴路 14 号
邮　　编：100843
电　　话：010—66983715
经　　销：全国新华书店
印　　刷：北京楠海印刷厂
开　　本：710mm×1000mm　1/16
字　　数：69 千
印　　张：8
版　　次：2016 年 3 月第 1 版
印　　次：2023 年 3 月第 3 次
定　　价：29.80 元

前　言

中华人民共和国自 1949 年 10 月 1 日成立以来，已走过了六十多年的风雨历程。历史是一面镜子，我们可以从多视角、多侧面对其进行解读。然而有一点是可以肯定的，那就是，半个多世纪以来，在中国共产党的领导下，中国的政治、经济、军事、外交、文化、教育、科技、社会、民生等领域，都发生了深刻的变化，中国人民站起来了，中华民族已屹立于世界民族之林。

这段时间放到整个历史长河中是短暂的，有如弹指一挥间，但它带给中国的却是极不平凡的。六十多年里神州大地经历了沧桑巨变。从开国大典到 60 年国庆盛典，从经济战线上的三大战役到经济总量居世界前列，从对农业、手工业、资本主义工商业的三大改造到社会主义市场经济体制的基本确立，从宜将剩勇追穷寇到建立了强大的国防军，从废除一切不平等条约到独立自主的和平外交政策，从"双百"方针到体制改革后的文化事业欣欣向荣，从扫除文盲到实施科教兴国战略建设新型国家，从翻身解放到实现小康社会，凡此种种，中国人民在每个领域无不留下发展的足迹，写就不朽的诗篇。

六十几年在历史的长河中犹如沧海一粟，但对身处其间的个人却是并非无足轻重的。其间究竟发生了些什么，怎样发生的，过程怎样，结果如何，非人人都清楚知道的。对此，亲身经历者或可鲜活如昨，但对后来者却可能只是一个概念，对某段历史的记忆影像或不存在或是模糊的。基于此，为了让年轻人，特别是青少年永远铭记共和国这段不朽的历史，我们推出了这套《共和国的历程》。

《共和国的历程》虽为故事形式，但与戏说无关，我们是想借助通俗、富于感染力的文字记录这段历史。这套丛书汇集了在共和国历史上具有深刻影响的重大历史事件。在丛书的谋篇布局上，我们尽量选取各个时代具有代表性的或深具普遍意义的若干事件加以叙述，使其能反映共和国发展的全景和脉络。为了使题目的设置不至于因大而空，我们着眼于每一重大历史事件的缘起、过程、结局、时间、地点、人物等，抓住点滴和些许小事，力求通透。

历史是复杂的，事态的发展因素也是多方面的。由于叙述者的视角、文化构成不同，对事件的认知或有不足，但这不会影响我们对整个历史事件的判断和思考，至于它能否清晰地表达出我们编辑这套书的本意，那只能交给读者去评判了。

这套丛书可谓是一部书写红色记忆的读物，它对于了解共和国的历史、中国共产党的英明领导和中国人民的伟大实践都是不可或缺的。同时，这套丛书又是一套普及性读物，既针对重点阅读人群，也适宜在全民中推广。相信它必将在我国开展的全民阅读活动中发挥大的作用，成为装备中小学图书馆、农家书屋、社区书屋、机关及企事业单位职工图书室、连队图书室等的重点选择对象。

编　者
2014 年 1 月

目录

四、表彰英雄

一、 中央部署

● 7月24日零时，温家宝副总理连夜主持召开国家防总全体会议，分析长江防汛形势，对迎战即将到来的第三次洪峰作出紧急部署。

● 江泽民总书记到长江荆江大堤、洪湖大堤、武汉龙王庙、月亮湾等险段指挥抢险，慰问军民，发出决战决胜的总动员令。

● 8月16日下午，风云突变，1998年长江最大的一次洪峰——第六号洪峰，以灭顶之势奔腾而来。

国务院部署防汛工作

1997 年 8 月 29 日，中华人民共和国第八届全国人民代表大会常务委员会第十七次会议通过了《中华人民共和国防洪法》，该法于 1998 年 1 月 1 日实施。

《防洪法》明确了我国防洪工作的基本原则，强化了防洪行政管理职责，对防御自然灾害，加强防汛抗洪工作起到了积极的作用，使防洪工作走上了法制化、规范化的轨道。

1998 年 1 月 14 日至 16 日，全国防洪办主任会议在海南省召开，明确了各大江河汛前需完成的主要任务。

2 月 15 日至 28 日，国家防总、水利部组织 6 个专家组，到重点防洪地区对防洪应急工程和病险工程进行了检查。

4 月 9 日，新一届国家防汛抗旱总指挥部在北京召开 1998 年第一次全体会议。

在会上，时任国务院副总理、国家防汛抗旱总指挥部总指挥温家宝强调指出：

今年防汛形势严峻，责任重于泰山，各地要抓早抓紧抓细抓实，全力以赴认真做好防汛抗旱的各项工作，确保改革开放和经济建设顺利进行，保障人民生命财产安全。

防汛抗旱工作要贯彻"安全第一，常备不懈，预防为主，全力抢险"的方针，把工作做在洪水灾害到来之前。

……

各地抓紧落实会议精神，立足于防大汛、抗大灾，从各方面努力做好迎战大洪水的准备。

温家宝指出：

防汛工作严格执行行政首长负责制，把责任落实到单位，落实到人。

当前，防汛工作面临严峻的形势：气候条件不利，发生大的洪涝灾害的可能性在增大，今年大汛来得早、来得猛，洪水成灾的程度加剧。因此，只有坚决贯彻落实行政首长负责制，才能动员、调动和协调各部门、各方面的力量，迎接这一艰巨的挑战。

……

各地必须尽快落实防汛工作行政首长负责制，组织好对领导干部的防汛知识培训。这些同志要尽快熟悉防汛工作，了解情况，上岗到位。

1998 年是全面贯彻落实党的十五大提出的

中央部署

各项任务的第一年，也是实施《防洪法》的第一年。各地各部门一定要加强防汛纪律，服从防汛抗旱指挥部的统一指挥调度，顾全大局，团结抗洪，齐心协力夺取今年防汛斗争的全面胜利。对因官僚主义、玩忽职守、工作不力造成严重损失的，要追究责任，严肃处理。

会议分析了1998年汛期全国旱涝的趋势，并同意水利、气象部门的预测。即在1998年，长江和北方地区有两条多雨带，以及长江可能会发生1954年型大洪水。会议部署了全国的防汛抗旱工作。

会后，国家防汛抗旱总指挥部通报和公布了全国大江大河、重点病险水库、主要蓄滞洪区和重点防洪城市防汛责任人名单。同时，有关责任人也都切实负起责任，上岗到位，努力做好了各方面的防汛工作。

在国家防汛抗旱总指挥部召开了1998年第一次全体会议以后，长江水利委员会确定了确保长江安全的八条措施：

一是组织专家多次分析研究水情及防汛形势；

二是召开湘、鄂、赣、皖四省防办主任会议，研究1998年长江中下游洪水调度方案；

三是落实分洪口及蓄滞洪区转移预案，对长江流域40处蓄滞洪区分洪口逐一落实；

四是做好蓄洪区通信及预警反馈系统的检查；

五是进行射水法造防渗墙试点工作，试点工程投资300万元，完成坝基处理1500米；

六是派员对长江中下游防汛工作进行检查；

七是做好长江水文预报工作，对全流域84个直属水文站、165个水位站、22个雨量站都进行检查，对水尺、缆道、自记台、电台、测船等进行检修和保养；

八是加大防汛日常工作力度。防汛值班人员从4月1日起实行24小时值班，较往年提早60天。

松花江、辽河水利委员会及时召开了防汛准备工作会议，认真传达了国家防总会议精神，采取有力措施，进一步健全松花江、辽河流域防汛指挥系统，全面做好各项防汛准备工作。

黄河水利委员会按照国家防总"抓早、抓实、抓好"的总体要求，注重早部署抓落实，以良好的精神状态迎战可能出现的大洪水。

珠江流域内各省、自治区，认真贯彻落实国家防总1998年第一次全体会议精神，基本做到了防汛组织、责任、措施、物资四到位。

各级防汛部门严阵以待，迎战珠江可能出现的大洪水。

4月20日，国家防总、水利部开始对七大江河进行汛前检查。

中央部署

温家宝提出防汛要求

　　1998 年 5 月 29 日至 31 日，国务院副总理、国家防汛抗旱总指挥温家宝，先后来到湖北省武汉市、荆州市、湖南省岳阳市、长沙市和江西省九江市，查看武汉大堤、荆江大堤、东风湖大堤、永安大堤和九江大堤，检查堤防崩岸、险工险段的重点水利防洪工程的修复、加固情况，听取了湖北、湖南、江西、安徽、江苏五省的防汛工作汇报。

　　温家宝在听取汛情汇报后说：

　　　　今年长江汛期来得早，来得猛，沿江各省对长江防汛工作很重视，做了大量的准备工作，为安全度汛奠定了基础。

　　　　去冬今春长江中下游雨水偏多，水情异常，干流水位持续偏高，防汛形势十分严峻。沿江各省要立足于防大汛、抗大洪，高标准做好各项防汛准备工作，确保长江干堤、大型水库、大中城市和重要交通干线的安全，确保中小河流、中小水库安全度汛。

　　　　各级领导一定要高度重视防汛工作，克服麻痹思想和侥幸心理，做好迎战大洪水的各项准备工作。

第一，进一步落实防汛责任制。领导干部要恪尽职守，深入防汛第一线，及时解决问题，消除隐患，重要堤防要死保死守。

第二，加快险工险段除险加固进度。要切实增加投入，集中财力、物力、人力，抢时间、争速度，在大汛到来之前完成长江干堤重点险工险段的除险加固和长江崩岸的应急抢护任务。

第三，完善防洪预案。尽早制订完整、周密的防洪预案和具体的调度规程，做到每座水库、每段堤防、每个险工险段、每个滞洪区、每个有防洪任务的单位都有防洪预案。

第四，加强河道、湖泊管理，加大执法力度。要严格按照《水法》、《防洪法》等法律规定，加强统一管理，规范采沙行为，制止围垦湖泊。

第五，统一指挥，团结抗洪。长江防总要充分发挥决策和指挥作用，做好长江防汛的指挥调度工作。各省要顾全大局，相互支持，坚决服从国家防总和长江防总的统一指挥和调度，团结抗洪。各级党委和政府加强对防汛工作的领导，充分发挥党组织的战斗堡垒作用。

按照温家宝副总理指示的要求，国家防汛抗旱总指

挥部发出进一步做好防汛工作的紧急通知。对今年的防汛工作进行再动员、再部署、再检查、再落实,进一步做好以下工作:

一、各级领导要立即上岗到位,全面部署各项防汛工作。要按照防汛责任制的要求,切实负起防汛指挥的重任,深入第一线,掌握防汛工作的重点和难点,及时解决防汛工作中存在的问题,推动防汛工作全面展开。

二、加强汛情监测、预报和防汛值班。各地要落实水文、气象测报、预报的各项措施,保障通信畅通,加强昼夜值班,严密监视汛情的发展变化,有重大汛情要立即处理并及时报告。

三、抓紧水毁工程修复和病险工程的除险加固,加强工程守护。各地要抢时间完成重点险工险段的加固,一时难以处理的险工险段,要落实抢险保安措施,确保度汛安全。受灾地区在做好救灾工作的同时,要抓好水毁工程修复。各地要落实防汛抢险专业队伍和群防队伍,备足抗洪抢险所需物料,一旦出现险情,及时抢护。

四、完善防洪预案,加强指挥调度。要制订、修订防御特大洪水预案,落实各项措施。

做好蓄滞洪区运用准备，一旦发生洪水，要正确指挥，果断决策，科学调度，最大限度地减轻灾害损失。

五、要重视中小河流和水库的防汛工作。对山洪、泥石流易发区要落实预防措施，做好宣传工作，使广大群众在可能发生灾害时及时避险。水库调度要严格按照已批准的控制运用计划执行，病险水库要降低运行水位，落实抢险保坝措施。

6月，国务院防总和军委总部进行了紧急部署，部队和防汛区人民做好了抗大灾的准备。各级地方政府为抗洪准备了大量的石料、沙包、编织袋、救生衣和救生艇等抗洪器材，制订了各种应急抢险方案。

湖南省还组建了多个民兵抗洪抢险机动突击团。广州军区在汛期到来之前，向所属部队下发了做好支援地方抗洪救灾准备工作的有关指示，还将部队在广东南海抗洪抢险的经验转发到各部队学习。后勤部门提前拟订了有关保障的各种预案，做好了防汛抗洪的经费以及物资准备。

中央部署

长江流域出现特大洪峰

1998年夏天，由于气候异常，长江地区降雨明显偏多，部分地区出现持续强降雨，雨量成倍增加，滚滚江水犹如奔腾呼号的巨龙，不可一世，仿佛要冲破堤岸。两岸千百万生灵危在旦夕。

长江全流域出现了历史上从未有过的一次组合型洪汛。洪水来势之猛，持续时间之长，洪峰之高，流量之大，都超历史最高纪录。

6月下旬，长江中下游普降大雨，鄱阳湖、洞庭湖水系开始全面涨水。

由于长江上游三峡地区突降暴雨，形成了第一次洪峰，到达湖北宜昌时流量为5.35万立方米每秒；7月5日，洪峰经过湖北监利时，监利水位就已超过了历史最高水位；之后经过武汉汉口时，超过警戒水位1.45米，洪峰流量为6.36万立方米每秒；经过江西九江时，水位超过1954年特大洪水的最高水位。

7月2日，第一次洪峰后，长江流域全线告急，先后又经受了8次洪峰袭击。

国家防总、水利部派出5个专家组赶赴长江，指导抗洪抢险。

从6月30日14时起，重庆万县至湖北宜昌段又降大暴雨,形成上游第二次洪峰,长江干流的汛情骤然紧张。同时,湖南、湖北两省普降暴雨,川江洪水与长江中下游水系洪水对长江干流两面夹击,形势极为严峻。

在广大抗洪军民的严防死守下,第二次洪峰安然流过了一个又一个险段。

7月21日至22日,武汉市降特大暴雨,最大降雨量汉阳532毫米、汉口434毫米、武昌375毫米,创该市有降雨量记录以来的最高纪录。

7月22日,中共中央总书记江泽民打电话给国家防汛抗旱总指挥部总指挥温家宝,要求沿长江各省市特别是武汉市做好迎战洪峰的准备,抓紧加固堤防,排除内涝,严防死守。

江泽民要求:

确保长江大堤安全,确保武汉等重要城市安全,确保人民生命财产安全。

7月23日,国家防总、水利部增派3个专家组,赴湖北、湖南、江西三省防洪重点地区,为抗洪抢险提供技术指导。

7月24日,长江上游出现第三次洪峰。受长江第三次洪峰及洞庭湖、鄱阳湖洪水顶托的影响,石首至螺山、武穴至九江共300多公里江段超过历史最高水位。

7月24日零时,温家宝副总理连夜主持召开国家防

中央部署

总全体会议，分析长江防汛形势，对迎战即将到来的第三次洪峰作出紧急部署。

长江干堤此时险情不断。7月26日，长江干流监利水文站以下水位全线上涨，日涨幅达0.29米到0.55米。

为了保证长江干堤的安全，7月26日零时起，长江石首至武汉段实行封航，7月27日8时起，武汉至小池口河段实行封航。

7月27日，洪峰通过湖南岳阳莲花塘河段，洞庭湖水系的澧水洪峰此时也汇入洞庭湖。长江干流洪峰与洞庭湖水相互顶托，洞庭湖洪峰水位及各水文站水位均超过历史最高纪录。

在险情频发的时刻，举国上下全面关注长江流域的洪灾。江泽民总书记和朱镕基总理来到抗洪第一线，他们带来了党和政府的关爱，带来了沿江抗洪军民坚持到底的决心和信心。

洪水继续肆虐，第三次洪峰刚过，在坚守大堤的抗洪军民尚未完全堵住决口、尚未完全排除险情的时候，长江上游地区又形成了第四次洪峰。第四次洪峰通过宜昌时流量超过6万立方米每秒。

出于长江抗洪的全局考虑，长江中游部分地区准备实施分洪，数十万当地居民在地方政府的合理安排下，"舍小家保大家"，他们忍痛放弃家园，迅速撤离了危险地带。

8月10日凌晨，第四次洪峰以6.83万立方米每秒的流量顺利通过武汉，此时武汉水位高达 29.83 米，距保证水位仅 0.34 米，这一水位成为当地有水文记载以来仅次于 1954 年的历史最高纪录的水位。

8 月 12 日，第五次洪峰又在长江上游形成了。由于长江上游和三峡地区连降暴雨，山间洪水入江汇流，使第五次洪峰和第四次洪峰形成了首尾相接之势，给中下游地区防汛抗洪造成了新的压力。

8 月 12 日 9 时，为了确保第五次洪峰安全通过荆江大堤，清江隔河岩水库再次关闭泄洪闸，使长江洪峰与清江洪峰形成错峰。

8 月 13 日至 14 日，江泽民总书记到长江荆江大堤、洪湖大堤、武汉龙王庙、月亮湾等险段指挥抢险，慰问军民，发出决战决胜的总动员令，给抗洪军民以极大的鼓舞。

8 月 16 日，长江上游又出现第六次洪峰。当日 20 时 30 分沙市水位涨达 45 米，达到荆江分洪的上限水位。

8 月 16 日至 18 日，为迎战长江第六次洪峰，温家宝副总理第五次到长江流域湖北抗洪前线指挥抗洪抢险。

8 月 16 日下午，长江第六次洪峰进入荆江河段，江泽民总书记向参加抗洪抢险的一线解放军指战员发布命令，要求沿江部队全部上堤，死保死守，夺取抗洪抢险的最后胜利。

8 月 17 日 9 时，湖北沙市出现洪峰水位 45.22 米，超过 1954 年的历史最高水位 0.55 米，超过荆江分洪上

中央部署

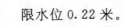
限水位 0.22 米。

在迎战长江第六次洪峰的过程中，葛洲坝枢纽以及隔河岩、漳河、丹江口等水库优化调度，拦蓄洪水，减轻了下游的防洪压力，为长江防汛抗洪作出了突出贡献。

8 月 25 日，长江上游出现第七次洪峰。由于隔河岩、葛洲坝水库拦洪错峰，这次洪峰没有引起汉口以下河段水位上涨，但高水位的持续时间进一步延长。

8 月 31 日，长江出现第八次洪峰。葛洲坝和隔河岩水库再次发挥了重要作用，削减洪峰流量 2000 立方米每秒，拦蓄洪水 1 亿多立方米，减轻了这次洪峰对下游的影响。此后，洪水才得以缓解。

在长达两个多月的洪灾中，长江、洞庭湖、汉江、鄱阳湖等湖泊水系，各类险情层出不穷。

在这场抗洪大战中，长江大堤保住了，沿江人民的生命财产保住了，武汉、九江等大城市保住了！

中国军民的抗洪奇迹再次向全世界证明：

中华民族是不可战胜的！

干群协力坚守抗洪一线

1998 年 7 月下旬，在长江第三次洪峰来临之际，长江两岸险情不断。

长江沿线抗洪形势严峻，各地狠抓落实首长负责制，干部群众同心协力，坚守抗洪第一线。

自 7 月下旬以来，湖北省落实了从省到地市州、县市、乡镇、村的五级党政首长负责制，党委书记任政委，行政首长任指挥长。湖北省领导一直奔波于武汉、荆州、咸宁、黄冈、鄂州、黄石等长江险段。

俗话说，"万里长江险在荆江"。为了确保荆江大堤万无一失，荆州市委书记刘克毅、市长王平竖"生死牌"，立军令状，连续作战，调兵遣将，排除险情。

自 7 月下旬以来，湖南省澧水、沅水流域和洞庭湖区相继发生重大洪灾，61 个堤垸、1471 公里大堤超历史最高水位，湖区堤垸纷纷告急，险情不断。

湖南省为此对副省级以上的党政领导明确防汛责任区，每个地市都有一至三名副省级干部负责联系，督促地市级干部包县包堤垸包水库，县级干部包乡包工程，乡镇干部包村包堤段。

湖南党政军领导深入岳阳、常德的安乡、澧县等灾区第一线，省防汛指挥部随时关注常德、岳阳、益阳等

中央部署

重点防洪区的形势。

江西省委也时刻关注着九江市、永修县的灾情。省领导或在省防总协调全省抗洪救灾，或在第一线现场指挥抢险救灾。在防汛形势最为严峻的九江市，各级领导不敢有丝毫松懈。江西境内新建县，由于受赣江水位超历史最高水位的影响，县内一些圩堤险情不断。县委、县政府立即决定把1000多名干部职工编成12支防洪抢险预备突击连，全部投入各圩堤抗洪。

安徽省委、省政府要求全省各地各级实行"一把手"责任制。省委领导亲赴铜陵、安庆等地指挥抗洪。有60万民工日夜坚守在防汛抗洪第一线。安庆市组织华阳河蓄洪区人员和重要物资安全转移，做好准备，同时组织人力迅速抢筑防洪子堤，做到水涨堤高。

江苏省委、省政府和沿江八市党政领导坚守防汛岗位。省委领导多次深入防汛重点地段、险段，检查防洪设施和各项防汛责任制的落实情况。

江苏省有长江江心洲14个，涉及27万亩耕地、37万人口。各江心洲所在的市县党委、政府领导亲自带队巡查，全力死守江心洲大堤。

正是有着这样坚实的人力和物力准备，有着这样坚强的组织和领导保证，英勇的抗洪军民顶住了来势凶猛的洪水一次又一次的袭击，人们在大大小小的险情面前毫不畏惧，以大无畏的精神抗洪抢险，确保大堤的安全，确保人民生命财产的安全。

中央领导亲赴现场指挥

1998年7月4日至9日，朱镕基总理、温家宝副总理到长江流域湖北、湖南、江西视察防汛工作，代表党中央、国务院和江泽民总书记慰问正在日夜奋战抗洪救灾的干部、群众和人民解放军、武警官兵，并对长江防汛抗洪工作作出部署，要求确保长江大堤万无一失。

6日，朱镕基总理从江西九江抗洪第一线飞抵湖北荆州市。一下飞机，朱镕基就直抵长江荆江大堤的郝穴、观音矶等重要堤段视察，滔滔江水揪住了总理的心。

当朱镕基到达武汉时，正值长江洪峰通过武汉，他冒着酷暑连续查看了武汉龙王庙、月亮湾等处的水情和堤防工程情况。

每到一处，朱镕基都和守堤群众、基层干部亲切交谈，代表党中央、国务院和江泽民总书记向奋战在抗洪第一线的广大干部群众、人民解放军指战员、武警官兵和公安干警表示亲切的慰问，并要求两省按防御1954型洪水，甚至更大的洪水，进一步做好各项防汛工作，确保长江安全度汛。

7月14日，国家防总发出《关于进一步做好防汛工作的通知》，要求全面落实各项度汛措施，干部、劳力、物资、技术人员要全部到位。

7月17日，国家防汛抗旱总指挥部，再次向湖北、湖南、江西、安徽、江苏五省防汛抗旱指挥部，长江防汛总指挥部，长江水利委员会发出紧急通知，要求各地迅速采取措施，切实做好当前长江抗洪工作，迎战长江第二次洪峰。

8月6日，党中央、国务院、中央军委向全国抗洪军民发出慰问电。

电文如下：

致全国抗洪军民的慰问电

各省、自治区、直辖市党委和人民政府，各大军区党委，军委各总部、各军兵种党委：

今年入汛以来，我国一些地方遭受严重洪涝灾害，特别是长江发生了自1954年以来又一次全流域性的大洪水。在国家和人民生命财产受到严重威胁的关键时刻，各级党委、政府发挥了坚强的领导核心作用，组织广大军民以顽强的拼搏精神，战胜了一次又一次的洪峰，保障了大江大河大湖、重要水库、重要城市和重要交通铁路干线的安全，为国民经济发展和社会稳定作出了重大贡献。

在这场抗洪斗争中，我们的党员和干部经受了考验，我们的人民和军队经受了考验，涌现了许多可歌可泣的英雄事迹和模范人物。这又一次证明，在中国共产党领导下，我们的人民和军队能够战胜任何艰难险阻。

党中央、国务院、中央军委向你们，并通过你们向战斗在抗洪抢险第一线的广大干部群众、解放军指战员、武警官兵、公安干警和受灾群众表示亲切的慰问。

当前，全国的防汛抗洪正处在最关键的阶段。党中央、国务院、中央军委号召，防汛抗洪第一线的各级党组织要发挥指导核心和战斗堡垒作用，广大共产党员、共青团员要发挥先锋模范作用，人民解放军、武警部队和公安干警要发挥突击队作用。

全国各条战线的干部群众要以搞好生产和工作的实际行动，支援抗洪救灾。在以江泽民同志为核心的党中央领导下，各级党委和政府要进一步组织和动员广大军民继续发扬不怕疲劳、连续作战的精神，再接再厉，团结奋斗，夺取抗洪救灾斗争的全面胜利。

中共中央

国务院

中央军委

1998 年 8 月 6 日

8月9日，在长江防汛最紧要的时刻，朱镕基再次赴湖北长江抗洪第一线，查看长江大堤防守情况。

朱镕基传达了党中央和江泽民总书记最近关于长江抗洪抢险工作的指示，强调当前长江防汛形势十分严峻，沿江各地要把长江抗洪抢险作为头等大事，全力以赴抓好。要坚决严防死守，确保长江大堤的安全，不能有丝毫的松懈和动摇。

随后，朱镕基又到九江市抢险现场，查看8月7日长江南岸防洪墙决口处的堵口抢险工作。8月12日下午，九江长江大堤决口实现了堵口合龙。

8月13日，江泽民赴湖北长江抗洪抢险第一线，看望、慰问、鼓励广大军民，指导抗洪抢险斗争。

8月14日，江泽民在武汉发表重要讲话，就决战阶段的长江抗洪抢险工作作总动员。

江泽民说：

现在，长江抗洪抢险到了紧要关头，处于决战的关键时刻。只要坚定信心，坚持坚持再坚持，就能够取得抗洪抢险的最后胜利。但是，这一段时间也最容易发生问题，稍有不慎，就可能功亏一篑，造成无法弥补的严重损失。因此必须加倍努力，把动员、组织、落实工作做得更好。

8月16日下午，江泽民向参加抗洪的人民解放军发布命令：

　　沿线部队全部上堤，军民团结，死守决战，夺取全胜。

江泽民要求，地方各级党政干部率领群众，与部队官兵共同严防死守，确保长江干堤安全。

担任国家防总总指挥的国务院副总理温家宝，从1998年汛期到来之前的5月份算起至抗洪结束三个多月的时间里共7次飞赴长江。

8月5日至14日这一次，温家宝留在长江沿线亲自指挥战斗，长达10天之久。

8月4日，温家宝主持召开国家防汛抗旱总指挥部第三次全体会议，进一步部署防汛抗洪工作。

温家宝强调，当前全国的防汛形势非常严峻，长江防汛抗洪处在紧要关头，长江各地特别是中下游地区要继续严防死守，确保长江大堤安全，确保重要城市安全，确保人民生命安全。要做到洪水不退，干部不撤，人员不减，巡堤除险不放松，要特别注意在退水期间发生问题。

他还强调，今年是《防洪法》实施的第一年，各地要严格执法，依法防洪。对组织领导不力、玩忽职守、造成严重后果的必须严肃处理。

中央部署

021

会上，国家防总还对北方防汛、沿海地区防御台风工作提出了明确的要求。

会后第二天，他就飞到了湖北监利。那时正是长江第四次洪峰将要来临的前夜。这次已是他在汛期以来第三次到达监利。

温家宝到达监利的时候已是 23 时左右。当地似乎预先都没有得到通知，监利宾馆临时为他腾房。但是，他并没有先去宾馆，而是直奔监利县水利局听取汇报。然后，他又连夜走上荆江大堤和长江干堤查看水情。

当晚，温家宝便从监利向中央发出了一份汛情报告。第二天一大早，他便赶往荆州。

8 月 10 日上午，温家宝在湖北荆州又主持召开国家防总特别会议，研究贯彻落实党中央最近关于长江抗洪抢险工作的指示，要求沿江各地党政领导、广大军民紧急动员起来，坚决保住长江大堤，夺取抗洪抢险斗争的全面胜利。

8 月 7 日，温家宝在监利、石首、洪湖一带视察。下午近 3 时的样子，传来九江大堤的一段防洪墙决口的消息。

此时，温家宝正在召开一个重要会议。他当即决定缩短会议时间，奔赴九江。

8 月 8 日，朱镕基总理来到荆州。他们又一起在一线视察慰问，开会开到夜里很晚。9 日，温家宝陪同朱总理再赴洪湖、石首慰问一线抗洪军民。

一直随温家宝工作的干部慨叹说："我们这些年轻人都累得受不了，温副总理的疲劳可想而知。"

8月16日下午，风云突变，1998年长江最大的一次洪峰第六号洪峰，以灭顶之势奔腾而来。

长江沙市水位再次突破44.95米，并且仍在继续上涨。根据水情预报，当日深夜，沙市水位将超过45米保证水位线！

江泽民总书记和朱镕基总理紧急作出决定，委派刚从长江回来仅两天的国家防总总指挥、国务院副总理温家宝急赴荆州指挥。

18时30分，中共中央总书记、国家主席、中央军委主席江泽民向参加抗洪的解放军发布命令，沿线部队全部上堤，同时要求地方各级党政干部率领群众，严防死守，确保长江干堤安全。

当天22时30分，温家宝抵达荆州机场。他从专机上急匆匆地下来，与前来迎接的湖北省和部队领导急匆匆握手，然后登车急匆匆地离去。

来到宾馆，温副总理对随行的工作人员说："你们今晚都不要睡觉了，随时掌握情况。"

随后，他即与湖北省委、省政府领导，抗洪部队领导，水利部领导和长江水利委员会领导及有关方面的专家进行紧急会商。

温家宝听取了关于汛情的汇报，又详细询问了气象、水利等方面专家的意见，综合各方面的资料，进行科学

中央部署

分析判断，作出了迎战第六次洪峰的紧急部署。

这一夜，长江沙市水位每分钟都在上涨，迅速突破了让人心惊肉跳的 45 米线，一直到 45.22 米。17 日的太阳升起来了，越升越高，洪水才渐渐退去。

17 日早上 7 时，温家宝又到险工险段和水文站，慰问抗洪部队和干部群众，鼓舞军民按照中央号令，严防死守，确保抗洪决战的胜利。

长江流域终于在没有动用荆江分洪区的情况下，咬紧牙关度过了这场世纪洪水，显示了党中央领导集体把握大局、决断大势的坚强决心和超人魄力。

二、 官兵抗洪

● 满身泥泞的官兵轮番上阵，在缺口两岸组成两道"人墙"，以极快的速度，用磨出血疱的双手将一袋袋沙袋向缺口处源源不断地投下。

● 牛角湾抢险正酣，一公里外的金霞堤段，又发出危险信号：大堤出现 8 处穿孔，涌水不止，险象环生。

● 漆黑的夜里，耳边只有虎啸般的涛声和风的嘶鸣，青年突击队员们咬着牙一小时又一小时地坚持着，紧紧护卫着胸前的江堤。

进行全军抗洪总动员

1998 年的洪水来势凶猛。长江从 7 月初开始到 8 月底，连续八次洪峰，摇撼着荆江大堤、长江干堤，摇撼着洞庭湖、鄱阳湖，威胁着江汉平原数千万人民群众生命财产安全，威胁着长江中下游地区各大中城市，威胁着京广铁路动脉。

7 月 21 日午夜零时，中共中央总书记、国家主席、中央军委主席江泽民在给国务院副总理、国家防汛抗旱指挥部总指挥温家宝的电话指示中要求沿江军民：

> 确保长江大堤安全，确保武汉等重要城市的安全，确保人民生命财产的安全。

从这以后，"三个确保"成了抗洪抢险的总的指导方针。

中央军委副主席张万年指示：

> 按照江主席最近防汛抗洪的一系列指示精神，围绕"三个确保"，统一组织指挥好长江中下游地区抢险救灾部队的行动。

中央军委副主席迟浩田指示：

　　参加抗洪的部队既要发扬一不怕苦、二不
怕死的精神，又要注意充分准备、周密组织。

　　从7月初到8月下旬，全国各陆、海、空军，武警
部队以及解放军沿江沿湖各大专院校，近百个师团、上
百万雄兵，加上民兵预备役等共500万人投入抗洪抢险。

　　与此同时，中共中央总书记、国家主席、中央军委
主席江泽民亲临湖北抗洪前线，进行了抗洪抢险压倒一
切的全国总动员，铁路、航空、电讯、部队各军兵种指
挥系统全面进入"战时状态"。

　　全国动员抗洪抢险，上千万人上大堤严防死守，各
行各业数千万人后方支援，保卫武汉、保卫九江、保卫
京广线、保卫荆江大堤等宏大而悲壮的场面出现在历史
的画卷中。

　　荆州古战场，没有战马嘶鸣，没有刀光剑影，没有
炮声隆隆，而源源不断开进的士兵，源源不断的抗洪抢
险物资，就是"战争"进程。

　　8月2日7时10分，济南军区派第一梯队进入湖北。
这支部队3500多人，在精简缩编的情况下，军心不散，
同仇敌忾，打响了增援荆江的第一炮。

　　他们到达武汉后，迅速在荆州集结，配合先期到达
的湖北友邻部队，沿公安、石首长江干堤和长江支流虎

官兵抗洪

渡河、藕池河、团山河181公里险段展开；仅在15天的时间里，加固大堤20多公里，排险堵漏129处，转移抢救群众1.59万多人。

8月11日，第五次洪峰即将来临。该师1200人在39摄氏度的高温下，连续奋战10个小时，背了3500立方米土，加固长江干堤，先后有80名官兵中暑晕倒在大堤上，48人送医院抢救。

看见官兵被一个个往车上抬，一个个往医院送，周围的群众感动得落泪了，医院的医生护士边抢救边落泪。

集团军军长丁寿岳少将流着泪对地方领导说："拜托地方政府，无论付出多大代价，也要抢救我们的战士！"

丁寿岳说："这个师有一个张炳雷，连续几天高强度背土护堤，17日这天，他晕倒在大堤上。送到石首医院抢救，诊断是下肢麻木无知觉，脊椎损伤。张炳雷知道自己的病情后，从自己的上衣兜里把揣的58.6元钱硬塞给看护他的战友，说：'我不能再为抗洪抢险作贡献了，这点钱捐给受灾群众吧。'"

在这场世所罕见的洪灾考验面前，三军将士闻风而动、所向披靡，与广大人民群众团结一心、众志成城，与洪灾进行了顽强的斗争。

筑起人墙保卫京广线

1998年6月至8月，洪水肆虐三湘。京广线保卫战先后在长沙、岳阳两个"战场"展开。

6月24日至28日，湘江支流浏阳河水位猛涨，最高时达39.64米，超历史最高水位0.96米。被称为"三湘第一垸"的长善垸大堤险象环生。

6月27日晨7时，长善垸三角塘堤段溃毁，洪水将大堤冲开了一道20多米宽的口子，如飞马脱缰般冲击着京广复线路基，两个涵闸顶承着巨大的洪水压力，一旦被洪水突破，大半个长沙将成泽国。

正在堤上抢险的湘湖农场的几位职工发现险情后，马上报信。仅10多分钟，火炬、新桥、农科、新合4个村的干部带着100多名群众自带工具，赶到三角塘，装沙、扎沙包。这里100多人的机动抢险队也火速赶来，三次封堵三次冲毁，缺口逐渐扩大到40多米，形势十万火急！

待命的武警长沙指挥学校官兵闻风而动，100多名还有12天就要毕业的学员赶赴三角塘，27日从早到晚连续投入了1.6万个沙袋，才加固了京广线路基的两个涵闸。

然而，危险仍未解除，27日19时开始，省武警、长沙警备区官兵1000多人加入到抢险的行列。

官兵抗洪

小小的三角塘堤段，两边是茫茫的浏阳河水，沿堤的"灯笼"将堤上照得犹如白昼，满身泥泞的官兵轮番上阵，在缺口两岸组成两道"人墙"，以极快的速度，用磨出血疱的双手将一袋袋沙袋向缺口处源源不断地投下。整整 21 个小时，他们眼未合，肩未歇，在缺口处投下 2000 多立方米的泥沙，终于提前 3 小时将洪魔锁在了浏阳河内。

同样一场没有硝烟的保卫战在牛角湾展开。

28 日凌晨，铁道部、省防汛抗旱总指挥部等 10 个单位的有关领导来到长沙市国营综合农场涝湖垸后河牛角湾，实地勘察后决定：所有列车经过此段限速每小时 45 公里。

这里有重大隐患。连日来捞刀河水位猛涨，铁路路基因长时间受洪水浸泡，出现了宽 38 米、落差 1 米的严重塌方，塌方处距离铁轨只有 3.5 米。高速行驶的列车，使险情急剧恶化。

8 时 10 分，长沙工程兵学院接到省防汛指挥部火速驰援的命令。由于浏阳河朝正垸溃堤，长沙工程兵学院已被洪水团团围住，300 名官兵克服重重困难，在院长张永忠大校、政委赵先春大校率领下，绕道 40 公里，9 时 30 分赶到现场，投入了紧张的战斗。

装有抢险石料的专列缓缓停靠，现场官兵们分两路"一"字形展开，50 多公斤的石块在他们的手上迅速传递，固基的石墙在慢慢加高。

学员周杰在前一天抗洪中腿部受伤，领导安排他休息，部队出发时，他却又偷偷地"混"进了抢险队伍，他说："我腿不行，但还能用手装装沙袋。"学员盛洪会在抢险过程中，手指受伤，鲜血直流，但仍不下火线。

牛角湾抢险正酣，一公里外的金霞堤段，又发出危险信号：大堤出现8处穿孔，涌水不止，险象环生。一旦溃堤，京广线涝湖垸区段将全部浸泡在洪水中。

连日来，该堤多次出现险情，长沙工程兵学院官兵已在此连续奋战了36个小时，装填、搬运沙石袋1.28万袋，在1.8公里长的大堤上筑起了高达1米的挡水堤坝，遏制住了洪水的浸渍。

险情再次发生后，他们迅速出击，跑步到各穿孔点，一袋袋沙石雨点般投下去，3个小时后终于堵住了穿孔，涝湖垸又恢复了往日的平静。

部队凯旋时，当地干部群众自发敲锣打鼓，鸣放鞭炮，夹道为他们送行。湖南省政府副省长郑茂清动情地说："这次京广大动脉畅通无阻，子弟兵功劳最大。"

地处京广线旁的岳阳麻塘垸是一块险地，更是一块战略要地。这里堤身单薄多险，全长12.4公里的洞庭湖防洪大堤在1996年防汛期间，发生崩塌裂缝的就有7.6公里。麻塘大堤是京广线的唯一屏障，有11公里的铁路从麻塘垸里通过，其中与大堤的最短距离只有1300米，一旦大堤失守，34年前的悲剧就会在这里重演。

1954年，洪水使这里的铁路浸水两米，大动脉被迫

官兵抗洪

中断 60 多天。该大堤还保护着垸内 4 万多亩耕地、两万多人口的生命财产安全，稍有闪失，损失不可估量。

异乎寻常的战略地位，使麻塘垸成为中央领导关注的焦点。

中共中央政治局常委、国务院总理朱镕基，全国政协主席李瑞环，国务院副总理、国家防汛抗旱指挥部总指挥温家宝，国家水利部部长、国家防总副总指挥钮茂生等都先后亲临这里视察，谆谆嘱托：一定要死保死守！

7 月 2 日，京广线保卫战刚拉开序幕，武警驻耒阳的 328 名战士昼夜兼程奉命赶到麻塘垸。

7 月 26 日，湖南省军区直属队 230 人赶来增援。在此后的几十个日夜里，近千名解放军指战员和武警官兵与洪水展开了惊天大搏斗，保卫了京广铁路的畅通。

7 月 28 日中午，查险人员在麻塘大堤发现了 3 个小管涌，部队闻讯马上出动，先打围子，后在中间倒上沙卵石，17 时 30 分打完了 3 个围子。

当武警官兵准备回驻地吃饭时，又接到命令，附近一个堤段出现长达 70 米的滑坡，渗水十分严重，要在湖中打一个长 70 米、宽 15 米、深 4 米的大抱围。

他们来不及吃晚饭，紧急赶往出险地点。此时湖面上有 5 条装满沙卵石的船停靠堤岸，他们分成 5 路，有的装沙，有的扛运，有的站在水里垒。干到 23 时，天突然下起暴雨，把武警官兵浇了一个透湿，但他们冒雨继续干，衣服破了，肩膀肿了，没人停歇，也没人倒下。

为了鼓舞士气，部队先后组织干部突击队、党员突击队，"雨大，决心更大"的号子声震天响。一直奋战到7月29日凌晨1时，终于完成了任务。

刚回到驻地休息了一会儿，部队又接到命令：洞庭湖风大浪急，中洲大堤岌岌可危。部队又紧急集合，赶到中洲大堤3公里处。防浪墙已被巨浪撕咬得千疮百孔，被冲毁1500米。他们的任务是突击抢修防浪墙。

刚垒起一段，三四米高的巨浪打来，又倒了。50多岁的王志胜副师长带头跳下水，随后20多名战士纷纷跳下水，手挽着手，筑起一道挡浪人墙。岸上的200多名官兵以人墙为屏障，一段一段抢筑防浪墙。

转眼就是天明，早上战士们只能吃点饼干，实在是太困了，有的战士把饼干含在嘴里就在雨中睡着了。张政委不忍心把他们喊起来。

10时，雨歇了，风变小了，浪也小了。眼看防浪墙没有被冲毁的危险。他们开始往回撤。

8月19日，麻塘大堤11公里400米处发生重大裂缝、滑坡。裂缝长达七八十米，宽20厘米，最深达6米。大堤危在旦夕！

险情就是命令！武警某部赶来了！湖南省军区直属队赶来了！他们立即投入抢筑抱围的战斗中。一个又一个沙包丢下去了，当围堰快要露出水面时，湖面突然刮起6级大风，运沙船固定不住，把刚垒起来的围堰又撞倒了。

官兵抗洪

他们只好暂时停歇。把 5 条大船用绳索绑在一起，同时抛两个锚，并用木头从岸边撑住，这样才把船固定住。他们继续苦战，手上起了血疱，肩上磨出了血痕，但没有一个人喊苦喊累。

23 时 42 分，一条长 310 米、宽 8 米、深 3 米至 3.5 米的围堰合龙了，共用了 18 万个编织袋、沙卵石 7000 吨。也就是说，在湖边重修了一道堤。这是迄今为止洞庭湖最大的抱围，有"洞庭第一围"之说。

据统计，武警驻耒阳武警官兵共出动 51 次，排除大小险情 43 处，打了 17 个抱围。湖南省军区直属队共出动 23 次，排除大小险情 38 处。在一次抢险过程中，由于烈日的炙烤，有 46 人中暑昏倒在船上、堤上。

在武警官兵驻地，人们看到这样一道风景：摆成线的军鞋没有一双完好的，许多鞋帮有两个以上的窟窿。一个战士说，抗洪以来，他已穿坏了两双鞋。

一双鞋子是一个故事，一条绷带是一个故事，一把铁锹是一个故事……

鏖战荆江确保武汉安全

1998年入夏以来，暴雨久久徘徊在长江沿线的四川、湖南、湖北、江西、安徽等省。

流经武汉的长江暴涨！汉江暴涨！东荆河暴涨！府环河暴涨！金水河暴涨！巡司河暴涨！滠水、倒水、举水河暴涨！

长江武汉关，上游洪峰压境，下游湖水顶托，水位急剧上升。

1998年6月26日，武汉关水位跃过25米设防水位。

6月28日，突破26.30米警戒水位。

7月1日，蹿过27.30米紧急水位。

5天，江水攀升近3米，连跳三大水位线。

武汉保卫战在江水的咆哮声中拉开了序幕。

位于长江与汉江交汇处的武汉，担负着长江上中游金沙江、岷江、沱江、嘉陵江、洞庭四水、乌江、清江及汉江八大水系，占流域集水面积80％的洪水宣泄量。上游所有的来水，大部分都要从武汉经过。

入汛后，长江沿线普降暴雨，江河暴涨。"川水"自宜昌磅礴东下，"湘水"经洞庭湖涌进长江，"汉水"穿新沟直逼武汉，鄱阳湖在下游向上顶托。受"四水"夹击，武汉防汛形势异常严峻！

官兵抗洪

7月3日，武汉市防汛指挥部发布第一号令，命令全市党政军民紧急动员起来，投入抗洪抢险斗争。

286公里长的大堤上，防汛大军急增到两万多人。

就在长江第二次洪峰正以5.8万立方米每秒的速度逼近武汉时，7月21日凌晨，一场历史罕见的特大暴雨突然袭击武汉三镇。

这场暴雨下了三天三夜，堤内，三镇城区一片汪洋，堤外，滔滔洪水悬城而过。头顶一江水排大渍，脚踩一盆水抗大洪。武汉防汛形势雪上加霜。

长江汛情、武汉水情牵动着党中央领导的心。21日深夜12时，江泽民总书记打电话给国务院副总理、国家防总总指挥温家宝，要求沿江各省市特别是武汉市要做好迎战洪峰的准备，严防死守，确保长江大堤安全，确保武汉等沿江重要城市安全，确保人民生命财产安全。

"三个确保"成为1998年长江抗洪的主题，保卫大武汉成为长江抗洪的一大战略目标。

温家宝副总理指出：

保武汉，关系到保全国改革发展的稳定局面。

武汉市有着720万人口，2000多亿固定资产，是长江中下游水陆交通枢纽、通信中心，是对外开放的重要商埠港口。1954年，百日洪水，武汉丢了汉阳一城，损失近百亿元。而现今，京广铁路受阻一小时就要损失一个亿！

为保卫武汉，荆江摆开了战场，9万解放军官兵与百万群众在荆江大堤与洪水展开了一次又一次恶战。

为保卫武汉，公安县荆江分洪区33万人举家迁徙。他们赶着牛羊，抱着鸡鸭，舍弃一生积攒的财物，离开自己的家园，义无反顾地走向他乡。

为保卫武汉，武汉以上100多个民垸主动扒口，将洪水引向自己的家园，有100亿立方米洪水没有从武汉经过。

为保卫武汉，葛洲坝、丹江口水库、隔河岩水库拼力拦截洪峰。

为保卫武汉，武汉举全市之力，几十万军民在286公里的大堤昼夜坚守，与洪水进行着殊死的搏斗。大堤上，每30米就有一名干部，每10米就有一名党员，每0.7米就有一名群众，他们在最危险的地段竖起了"生死牌"，在抢险中立下了军令状。"人在堤在，誓与大堤共存亡"成为抗洪大军共同的誓言。

汉口龙王庙是长江与汉水的交汇处，受长江、汉水夹击，这里历来被洪魔当作进攻武汉的突破口，成为历史上著名的险段。1954年发大水时，周恩来总理就曾嘱咐武汉人民："绝不能让大水冲了龙王庙！"

在龙王庙堤段后面，是闻名遐迩的汉正街小商品市场，是人口密集的汉口。

官兵抗洪

10多名共产党员，带头将签上自己名字的"生死牌"立在堤上。

几千双眼睛日夜警惕地扫视着这里的每一寸堤防和闸口，不放过一个险情疑点，不漏过任何异常的蛛丝马迹。当长江洪峰一次次扑来时，他们用自己的血肉保卫了大堤的安全。

武昌粮站闸口是武昌段长江干堤两大险段之一。守护在这里的是一支青年团员组成的突击队。

7月28日深夜，武汉上空电闪雷鸣，狂风大作，箭一样的雨柱从天空冲下来，江面上卷起惊涛骇浪。粮站闸口正处在风口，一阵又一阵浪头冲过来，打翻了护堤的防浪布，风浪无情地扑打着、撕扯着裸露的江堤。

11名青年突击队员用绳子一头捆住腰，一头拴在闸柱上，毫不犹豫地跳进巨浪中，他们手挽着手扑在堤上，用身体死死挡住浪头。

狂风卷起巨浪，一会儿将他们甩到堤上，一会儿将他们拖回到急流中。漆黑的夜里，耳边只有虎啸般的涛声和风的嘶鸣，他们咬着牙一小时又一小时地坚持着，紧紧护卫着胸前的江堤。

在286公里的大堤上，洪水每天都在制造着大大小小的险情。

7月31日中午，江岸丹水池地区出现重大管涌。洪水躲过人们警惕的眼睛，掏空江底，绕过防水墙，在堤脚钻出来。开始只有杯口大的管涌口，15分钟后就被撕开了 80 厘米。浑浊的江水喷射而出，水柱高达 1 米多。在它后面不到 400 米就是京广铁路干线，就是人口密集的城区。

险情惊动了住在附近的人，中南石化武汉公司几百名干部职工赶来了，在家休假的大学生赶来了，公安干警赶来了，武警部队 300 多名官兵赶来了。人们将沙石袋投进去，将瓜米石投进去，但瞬间就被洪水吐出来。

20 多名武警战士抱成团扑在涌口上，未能堵住喷涌的水柱。19 位青年手拉着手跳进漩涡迭起的江中，想用身体挡住急流也未能奏效。

这是溃堤的征兆！丹水池一丢，汉口一马平川，已无屏障可守。

1931 年的溃口惨案就是在这里发生的。那年 7 月 30 日，洪水在这里撕开了一道 260 多米宽的口子，江水长驱直入扑进市区，"市镇精华，摧毁殆尽，浮尸漂流，疫病流行，米珠薪桂，无食者 23 万余人"。在这场灾难中，汉口城区未淹面积仅 0.5 平方公里，64 万人失去家园，3600 多人在洪水中丧生。

历史的悲剧绝不能重演！

市委书记、市长来了，防汛专家、技术人员来了，3000 多名抢险队员来了。

堵口需堵源，必须尽快找到堤外洞口。

人群中，一位年过花甲、名叫王占成的老人站出来了。他手握一根竹竿，毅然跳进波涛汹涌的水中。王占

官兵抗洪

成1954年就是抗洪英雄，在渤海边长大的他从小就在风浪里滚爬。

水面上卷起漩涡，王占成一手将竹竿横在胸前防止被漩涡吸进去，一手拨开浮在江面的浪渣，在漩涡下寻找，一个直径不下1米的洞口终于找到了。

大家用棉被和毛毯包上沙石，塞进洞口，一口气塞进去了47个棉被团。喷射的水柱终于压下去了。人们又在管涌口用沙石袋筑起了一个直径40米的护堤平台，终于避免了溃堤之险。

丹水池大险，武汉人惊魂未定。8月1日，距武汉市仅60公里的嘉鱼县牌洲湾突然溃口，10多万亩良田、5万多人口的合镇垸被洪水吞没，死亡、失踪44人。血的教训，使武汉抗洪大军不敢有丝毫的麻痹、丝毫的松懈。

8月1日、2日，武汉市防汛指挥部连发两道命令，命令丹水池八厂联防堤段的11家企事业单位、武昌沿江5家工厂学校，必须在5天之内拆除沿江40米内的建筑物，打通防汛通道。

同时，武汉市紧急投入1800万元，实施28项应急抢险工程。这28项工程几乎全是历史遗留下来的险工险段。广大抗洪军民一边与洪水搏斗，一边夜以继日地组织施工，很快就完成了其中的15项工程。这些工程，为武汉市迎战后来一次比一次大的洪峰立下了汗马功劳。

16所大专院校、科研院所的90名水利专家、1000多名水利技术人员奔赴抗洪一线；有"哨兵"之称的

GPC 卫星定位仪 24 小时昼夜监视着全市 22 处险工险段；"和丙凝"堵漏剂、高压喷射灌浆法等一批新材料新技术用于堵漏抢险。

现代科技上堤，使武汉抗洪大军如虎添翼。

长江卷起一次次洪峰，峰叠峰，峰追峰，峰咬峰。

8 月 10 日，长江第四次洪峰将武汉关水位推到 29.38 米的高度，使其成为该市有水文记录以来的第二高水位。同天，汉江、府环河水位均创历史新高。

洪水更疯狂地制造着险情。全市 286 公里堤防已发生大大小小险情 2000 多处。机场路附近出现 500 米脱坡，中华路出现大面积散浸，黄金口发现管涌群，丹水池长江干堤又发生部分防水墙渗漏，汉江五星闸水下涵管的封口被冲开……仅 8 月 10 日这一天，就发生大小险情 20 多处。

此时，武汉防汛大军已增加到 20 多万人，每 50 米一哨，每公里 20 人昼夜不间断巡堤。一万多名部队官兵驻守在 11 个险工段。

由于葛洲坝、丹江口水库、隔河岩水库拼力拦截洪峰，长江第五次洪峰在汉未能成峰，但却仍延续着武汉关的高水位。一连十几天，三镇气温高达 40 摄氏度，堤上像着了火，不断有人中暑倒下。

高温，高水位，武汉防汛到了最困难最危急的时候。

就在武汉防汛抗洪斗争进入最关键、最危急的时刻，"红一团"奉命挥师武汉，连续 30 小时急行军，8 月 9 日

官兵抗洪

20 时左右抵达武汉。武汉市民看到援军到了，顿时一片欢呼。

"红一团"自成立以来，就是一支人民无限信赖的光荣铁军。土地革命时期"大渡河"上逞英豪，抗日战争中狼牙山上慑敌胆；炸死日军名将阿部规秀的"功臣炮连"，解放战争时期"密云尖刀连"，都出自这个团。

"红一团"官兵们还没有来得及喘上一口气，就接到湖北省防汛总指挥部的紧急命令：

> 汉口谌家矶大堤出现重大险情，火速赶往抢险。

谌家矶大堤历来是武汉防汛的重中之重。险情就是命令。"红一团"500 多名官兵在集团军副参谋长管林根、"红一团"团长王建峰的率领下，分乘 25 辆军车风驰电掣般奔向抢险目标。

此时，谌家矶大堤正遭受着洪峰的肆虐，大堤多处出现管涌、滑坡、洪水漫堤，已经守堤抢险一昼夜的 800 军民已是精疲力竭，情况十分危急。

如果这一险情得不到及时排除，堤内的武汉铝厂、武汉冶炼厂、长江化工厂等数十家国有大中型企业和数十万百姓的生命财产将受到严重威胁，同时，通往上海的公路也面临被冲毁的危险，后果不堪设想。

洪水滔滔，大堤危在旦夕，堤内 7700 户群众拖家带口慌张散离。

代师长、集团军副参谋长管林根见状，大声向散离的群众喊道："乡亲们，不要怕，我们是人民子弟兵，是保卫大武汉的，有我们在，就有大堤的安全，就有大家的安全，请大家放心吧！"

散离的群众看到解放军来了，顿时欢呼雀跃，大家奔走相告，一传十，十传百，情绪很快稳定了下来。

在代师长、集团军副参谋长管林根的率领下，官兵们斗志激昂，扛沙包、筑子堤、战管涌、压散浸、治滑坡，个个满身泥水，有的手脚被划破了，有的累倒在大堤上，又饥又饿，但没有一个叫苦叫累的。大家只有一个共同的信念：一定要战胜险情，保护大堤，保卫人民生命财产！

经过近 20 个小时的连续奋战，1500 米险堤得到了加高加固。几个小时后，第四次洪峰汹涌而至，谌家矶大堤安然无恙，人民的生命财产保住了。

8 月 12 日，武汉汉正街码头发生大面积散浸。汹涌的江水撞着江堤，使江堤多处发生管涌、散浸、滑坡，情形十分危急。

临江的汉正街，是武汉市乃至全国著名的商业区，每天吸引全国各地的十几万客商来这里购物。

"红一团"接到湖北省防汛部命令后，第一个赶赴险情现场，迅速展开"决战"。

面对滔滔的洪水，团长王建峰、政委卢少平把手一

官兵抗洪

挥："跟我上！"两人同时跳进滑坡处。

在他俩的带领和影响下，官兵们也跟着跳下去，堵口子的堵口子，扛沙包的扛沙包，运石料的运石料。

由于风大浪高，江堤底部有一处管涌一时摸不准确切的位置，一机连排长王建民不顾被洪水冲走的危险，潜入水中，来回摸索近 20 分钟，终于查明了险情。

经过官兵近三个小时的激战，终于排除了险情，并在码头上垒起一道长 200 米、宽 1.5 米的子堤，挡住了洪水的进攻。正当官兵们想喘口气时，突然一个恶浪打过来，把子堤撕开了一个大口子，洪水霎时涌了进来。

当时，5 名官兵迅速纵身跳进 1 米多深的缺口处，手挽手组成人墙，挡住洪水对子堤的冲击，其他的官兵迅速往缺口处扔沙包、石块，堵住缺口，加固加高子堤，经过一个多小时的奋战，终于化险为夷，保住了大堤。

8 月 14 日 10 时，在抗洪抢险的紧要关头，江泽民总书记来到把守龙王庙的"红一团"官兵们的面前。他对官兵们说：

你们是支有光荣传统的部队。一定要发扬红军不怕疲劳、连续作战的作风，坚决保卫武汉，保卫人民。

王团长代表全团表示："一定不辜负江主席的期望，坚决确保武汉安全！"

江泽民高兴地说："好，有你这句话，我们就放心了。全党全国人民支持你们，你们要坚持再坚持，夺取抗洪抢险的最后胜利！"

"请江主席放心！""誓死保卫长江大堤！"口号声让堤外滔滔的洪水黯然失色。

由此，武汉满城争说"红一团"。连日来，在三镇抢险最激烈的战斗中，在桥口，在汉阳，哪里最艰险，哪里就能见到"红一团"。

武汉人胆更壮了，他们说："总书记派来伏波军，我们吃了定心丸。"

8月17日下午，位于武汉市汉江大堤黄金口险段离堤脚260米处的一个鱼塘发现一个管涌群，最小的直径8厘米，最大的25厘米。管涌群发展到晚上，便开始出现翻沙，最大的漩涡达2.5米以上。

与此同时，长江第六次洪峰和超历史最高水位的汉江洪峰正从上游扑来，江水高出市区9米左右，一旦决堤，后果不堪设想。

18日8时，"红一团"奉命紧急奔赴排险。处于江汉二桥这个名不见经传的"黄金口"，一下子成了上千名官兵决战的战场。

官兵们赶到后，二话没说，便扛着沙包跳入3米多深的鱼塘中，将一包包沙袋紧紧压向翻沙的管涌口。大家你追我赶，争先恐后，有的手脚碰破了，有的头部被划伤了，有的累倒在大堤上。

官兵抗洪

正在"红一团"指导抗洪抢险任务的常文林副政委，不顾肺部发炎，连续三天高烧不退的病情，毅然跳进洪水中，与战士们一起搬运沙袋。

几百名官兵手拉手站在齐腰深的水中，先压米石、再压沙，再封口，先后用了2万多个沙包，才将管涌口紧紧地封住、压死。

到19日6时，苦干了22小时，削平了3座小山包，把沙土全部填入到面积达100亩的池塘中，筑成了一道宽4.5米、高1.5米的围堰，狂涌的管涌群终于被制服了。

在现场指挥的湖北省、武汉市领导无不以敬佩的口气赞扬说："'红一团'的官兵特别能战斗！"

8月19日20时，武汉关水位再次突破1998年最高水位，达到29.41米，距1954年最高水位29.73米仅差0.32米。

同日凌晨2时，汉江新沟水位也再次突破18日30.42米的历史最高水位，攀升到30.97米。而此时，长江第六次洪峰正以7.23万立方米每秒的速度向武汉推进。长江、汉江洪峰在武汉遭遇！

21时，武汉关水位跃上29.43米，而且持续了整整26个小时。武汉市委、市政府号召全市人民，丢掉幻想，背水一战，严防死守，死保死守。

这是一场异常激烈、异常残酷的恶战。堤上的防汛大军增加到37万人，一辆辆装满抢险物资的卡车停在堤边，一艘艘随时准备堵口的船只泊在江面，6万多名抢险队员集结待命。武汉市做好了防万一抢大险的准备。

两江洪峰汹涌叠加，卷起一阵高过一阵的巨浪扑向已在高水位中浸泡了50多天的大堤。护堤的防浪铁网全部被打烂，大堤在喧嚣的巨浪声中微微抖动。37万抗洪大军紧紧守护着大堤，三天三夜没有合过眼。

长江入汛以来最大的一次洪峰终于颓然东去。

9月19日，武汉关水位退出警戒水位。在警戒水位以上持续了83个昼夜的洪水终于低头东去。

经历长江8次洪峰，武汉长江干堤一闸未失，寸堤未溃，人民生活安宁祥和，各项生产运转如常。

这是武汉抗洪史上迄今为止最为辉煌的胜利。

官兵抗洪

激战黄冈保卫长江大堤

1998 年 8 月 9 日，第四次洪峰以排山倒海之势即将一泻而下，黄冈大堤水位超历史最高纪录，威胁鄂东千里沃野。

黄冈至黄梅长江大堤是国家一级防护大堤，有"万里长江险在荆江，难在黄冈"之说。在 1954 年长江全流域特大洪水中，这里先后有 6 处决堤，受灾人口近百万，毁坏良田几十万亩。

江流接天，轰然冲岸。黄冈大堤再次面临 1954 年大堤溃决悲剧的重演。

在这危急时刻，被中央军委命名为"一等功臣"团的一六三师八团官兵刚下飞机，就受领了奔赴黄冈抢险的任务。

官兵们在师政委张阳、副师长卢广海的率领下，立即赶到黄冈全段最危险、最薄弱的黄梅小池镇大堤。他刚到目的地还没来得及打开背包，就接到滨江大垸出现江水漫堤、垸内几万名群众生命财产危在旦夕的报告。

官兵们顾不上喝一口水，立即强行军 5 公里，赶到大堤，扛沙袋、扔石块，加固加高大堤，连续奋战一昼夜，在大堤上筑起了一道高 1 米、宽 2 米、长 2 公里的防洪子堤，挡住了洪水一次又一次的袭击。刚排完滨江大堤的险情，又接到了"二百二"江大堤发生险情的报告。

官兵们来不及休整，又挥师奔袭到"二百二"江大堤险段，开始实施控沟分流作业。

当时黄冈大堤的气温高达 40 摄氏度，烈日似火，暑浪扑人，不少官兵昏倒了，但没有一个人愿意被抬下大堤。

8 月 13 日凌晨，在解放战争中曾被上级授予"翠岗红旗团"荣誉称号的一六三师九团官兵，刚从团风县淋河大坝抢险回来，还没有就餐，突然接到团风县交通水闸渗漏严重，需迅速抢险的报告。

官兵们在团长杨国杰、政委彭建平的率领下，在 10 分钟之内赶到了 2 公里以外的事故现场。只见 100 米宽的水闸因长时间浸泡、冲洗，仅剩几根水泥柱和一层附在上面的薄土，整个百米长的堤坝出现大面积渗漏，随时有决口的危险。堤下十几个乡村，十几万群众的生命财产受到严重威胁。

查看现场后，团领导迅速拿出抢险方案：重新构筑一道堤坝。水闸堤坝宽 100 米，水深达 3 米多，要在激流的洪水中重新筑起一道堤坝，必须先把下面的沙包打捞上来，然后采取打桩护堤，再用打抱围的办法，使旧堤不受损害，新堤坚固不滑动。这不但难度相当大，而且工程作业量也大。

当时，团领导认为，要对人民负责，对历史负责，困难再大，也要把这场攻坚战打好。

官兵抗洪

方案确定后，官兵们便迅速投入战斗。水下作业的突击队由团长杨国杰指挥，大家迅速跳入水中，开始打捞沙包。水上突击队由政委彭建平指挥，在长达一公里的干堤上来回扛运沙包。

　　班长袁东华先后潜入水中捞出沙包300多包，由于长时间潜水，他的眼睛和头部痛得厉害，大家劝他休息一下，他坚决不肯。战士周振礼高烧39.5度，但他隐瞒病情，咬着牙与病痛抗争，先后4次晕倒在了大堤上。

　　经过全团2000多名官兵8个多小时的艰苦奋战，终于用3500吨土石料重新筑起了一道长100多米的大堤，牢牢地把洪魔锁在了大堤以外，再一次化险为夷。

　　8月15日23时，湖北省团风县八里湖农场传来险汛：位于该场附近的长江护堤牛皮坳堤段出现渗漏和滑坡险情。

　　刚从坝上撤回休整的九团二营500多名官兵在卢广海副师长和团领导的率领下，星夜直奔牛皮坳。

　　赶到现场时，只见第五次洪峰滚滚而来，像一只张牙舞爪的困兽，浪头直撞牛皮坳垸堤，300多米长的堤段已出现严重渗漏、滑坡。堤下是农场万亩良田和数十家工厂、学校。

　　面对肆虐的洪魔，奉命率部队前往抢险的卢广海副师长和该团领导心急如焚，借助一点点微弱的星光，认真查看险情，然后迅速作出抢险方案：由第一梯队负责打桩筑防浪墙，第二梯队运石加固堤坝。

官兵们立即根据方案与洪水展开了殊死搏斗。政治处主任赵东灿不顾连日腰痛率先跳入洪水中护堤坝，其他官兵也不甘示弱，纷纷跳入水中，参与战斗。

36名官兵手挽手、肩并肩，组成两道防洪人墙，浑浊的洪水一次又一次地直往他们的口中、鼻里灌，水中的脏物沾满了他们全身，但他们全然不顾。

岸上的官兵按照分工，开始打桩垒石，扛运沙袋，在500多米长的堤坝上，展开了激战。由于连日抢险排险，先后有50多名官兵因劳累而晕倒，有70%的官兵烂裆，手脚被划破溃烂，但没有一个人叫苦叫累和撤下来休息的。

大家一鼓作气奋战到第二天早上7时，终于在原来的堤坝上筑起了一道护坝副堤，完全控制了渗漏和滑坡现象，肆虐的洪水终于在勇士们的面前低下了头。

8月19日凌晨4时，花湖汉池大堤突然滑坡150多米。

花湖汉池大堤为该湖连接武汉黄石市区的最后一道堤防，汉池堤一旦溃决，整个黄石市将成为一片汪洋，其受损程度仅次于长江决口。

坐镇指挥的该团团长吉荣华、政委陈奕鹏、副团长王朝阳立即率领一部分官兵火速赶到险情地点。

"第一突击队员跟我上！"连长刘金龙手一挥，第一个跳入齐腰深的水里，带领官兵在急流中打下了第一根木桩，紧接着第二根、第三根……

官兵抗洪

与此同时，指导员罗海斌也带着第二突击队推来了一车又一车大石块，随着一声"放"的口令，石料、木桩轰隆地直扑滑坡处，形成横截面。排长李卫国见斗车太少，石料供不应求，干脆带领几名战士徒手搬运。

奋战到中午时，堤上的气温达到 40 摄氏度，战斗进入了白热化阶段。

团长吉荣华、政委陈奕鹏、副团长王朝阳在搬运石料中，手被划伤了，累得几度虚脱，但仍不吭一声，坚持和官兵奋战到最后。

经过 13 个小时的艰苦奋战，至 18 时，险情完全被控制住了，滑坡处，一道新的大堤巍然屹立。

黄石市市委书记阮成友激动地握着官兵的手说："黄石人民永远感谢你们。"

打响九江封堵抢筑战役

1998 年 8 月 7 日，江西九江人将永远记住这个令人心悸的日子。

12 时许，距九江市中心城区仅 4 公里的九江长江干堤，4 号至 5 号闸口堤段，出现了大面积管涌。在这段大堤后面，是寄托着九江跨世纪发展希望的经济开发区。

13 时 10 分，大堤防洪墙下喷出一股手指粗细的泡泉。13 时 30 分，这眼泡泉变成了直径 3 米的大水柱。五六分钟后，防洪墙下便冲出了一个六七米宽的大洞，喷出了 6 米多高的浊流。一条条棉絮堵不住，一袋袋渣石压不住，换用水泥块和块石仍然无济于事。

正当人们奋力排险时，13 时 50 分，防洪墙突然塌陷，惊涛裂岸，九江城防大堤被孽龙撕咬出一个 10 多米的决口，长江洪水以 400 立方米每秒的汹涌之势倾泻而出，滚滚流入九江西区。长江被撕开了一道长长的口子，长江防洪史掀开了沉重的一页。

此时，决口迅速扩展，很快形成一个宽 50 米左右的溃口。洪水滔滔，向九江市区蔓延，局面一时无法控制。这时，一些居民还在睡午觉，靠近决堤口的市民被迫向楼房转移。

16 时 35 分，大水漫到九瑞公路。当时，堤坝上被围

困的抢险人员大约有上千人。

情急之中，人们将一辆卡车推进决口中，但卡车迅即被洪水冲走了。那时，堵口物资和器材缺乏，连九江市委大院的土都取完了，用来堵口的一些编织袋中装的是大米、稻谷和煤炭。接着，抢险人员又将一艘过路的水泥泵船拖来堵口，但泵船刚靠近决口，便被漩涡冲向堤外，将决口对面的一座厂房撞塌。

九江溃口的消息迅速传到中南海，牵动着中央领导的心。

当日下午，中央总书记、中央军委主席江泽民指示中央军委随时调遣部队支援九江抢险。

国务院总理朱镕基给九江市负责人打来电话，要求全力保护人民生命安全，坚决堵住决口。

温家宝副总理也打来电话，并于当晚飞抵九江指挥抢险。

17时许，国家防汛总指挥部的有关专家前来查看缺口。专家们决定用装满煤炭的船沉底的办法堵缺口。南京军区两个团正在国家防总、省防总有关专家的指挥下现场抢险。

专家们拟订了三套抢险方案：1. 将低洼处的市民转移到安全地带；2. 市区内的军队、民兵组成一道防洪线；3. 全力以赴堵住缺口。

九江市代市长刘积福命令："快调大船来堵！"

火速赶来的九江港监局局长陈纪如，当即命令奉港

501号、鄂襄阳012号两条拖轮，迅速牵引来一艘满载煤炭的铁驳船。

这时决口处的江水已形成了一个巨大的漩涡，水流湍急。沉船堵口稍有不慎，吨位达1600吨的煤船就会被冲进决口，撞塌堤坝，后果不堪设想。

"抛锚，慢慢让大船靠向决口。"当煤船接近决口时，陈纪如果断命令拖轮抛锚，拉着煤船缓缓地横着向决口靠近。50米，40米，30米，巨大的煤船离决口越来越近了，终于在10米外停稳，正好横堵在决口处。

现场堵口指挥部迅速调来了6条小驳船和一条拖船，分别沉在煤船的两头和外侧。顿时，决口水流速度明显降了下来，但江水仍然从船底和沉船之间的间隙涌进决口。

抢险大军接着在大船两侧将3条60米长的船先后沉底，上千军民抓紧在沉船附近向江里抛石料。最后，洪水的凶猛势头被遏制住了。

闻讯赶来的全国政协副主席毛致用和江西省委书记舒惠国、省长舒圣佑紧急与水利专家磋商，决定抓住沉船后的有利时机，以决口处沉船为基础，尽快筑起一道半圆形围堰，堵住江水外泄，有效实施决口封堵。

就在九江堵口正在紧张进行的同时，17时，浙江杭州某"红军团"驻地的军人们正在紧张地忙碌着。这支曾经跟随贺龙元帅参加过南昌起义的部队，刚刚接到上级命令：

官兵抗洪

立即紧急出动，开赴九江抗洪。

3小时后，"红军团"全部官兵在杭州火车站集结。深夜零时刚过，他们喊着"保卫九江就是保卫我们的家乡"的口号，乘上专列从杭州直奔九江。

危急关头，南京军区司令员陈炳德、政委方祖岐命令抗洪部队不惜一切代价，奋勇抢堵，确保九江城防和人民生命财产安全。

坚守在九江长江大堤上的抗洪部队紧急出动，2000多名官兵和5000多名民兵、预备役人员奔赴现场。

防汛指挥部组织抢险人员，开始在市区的龙开河垒筑第二道防线。入夜，龙开河灯火通明，人头攒动。千万双手挥动铁锹，千万只装满土石的编织袋一米一米地构筑起抗洪"长城"。

8月8日，《中国青年报》的头版头条第一个向全国读者报道了九江溃口的消息。就在许多读者看到这条消息的时候，长江两岸已经有无数双眼睛关注着九江。无数支勇士队伍集结九江，无数车物资驰援九江，一场惊心动魄的封堵战役正在这里打响。

8月的九江，烈日当空，热浪蒸腾。国家防总迅速调度，从河南、河北、广西将120万条编织袋、100艘冲锋舟、4000件救生衣空运九江；全国供销合作总社紧急调集80万条编织袋连夜起运；江西20多个省直单位组成的近千人的抢险突击队一早就赶来参战……

　　江西省农资集团得知险情后，即刻将两卡车编织袋紧急运抵现场。8日上午，从抢险现场传来块石紧缺的消息，南昌铁路局接令立即运去10车皮块石。13时许，九江再次提出增补块石。

　　江西省委副书记、常务副省长黄智权又急令增调车皮，南昌铁路局快速将20车皮的块石抢运至九江。

　　如同历史上著名的战争场面一样，九江堵口战役无疑是1998年长江抗洪抢险斗争中最为壮观、宏大的一幕。江面上，机船轰鸣，人声鼎沸，浪花四溅。上百艘大小船只把各类抢险物料源源不断地运抵现场决口旁。2000多名官兵组成一条条传送链，将堵水用的石料、粮包向激流中抛投。

　　奋战在决口上游一侧的南京军区某团官兵是抢筑围堰的主力，他们借助月光和探照灯光，同时从江堤和煤船两边抛投沙石袋和粮包。可是，湍急的水流转眼将沙袋、粮包冲得无影无踪。

　　钢管运来了，将士们把钢管绞成栅栏，一排排地打入江底，然后飞速地抛块石、袋装碎石、钢筋笼块石和一袋袋的稻谷、蚕豆。

　　石料流失被遏制了，堵水效果明显。

　　8日14时40分，围堰抢筑露出水面。当晚，煤船外侧封堵工作基本成功，经船底涌入决口的激流开始得到遏制。傍晚，经过3万军民连续28小时的鏖战，一道2300

官兵抗洪

米长、高4米、顶宽4米的新防洪长堤横亘在龙开河。

同时，为确保中心城区，从下午开始，3万多名解放军战士在下游龙开河沿线连夜奋战，构筑起一道长2300米、高4米、顶宽4米的拦水坝，作为市区的第二道防线。在柴桑路，江西省武警总队三支队的310多名官兵仅用5个小时便堆筑了1.3万个土石袋、2400土石方，筑起了长150米、底宽8米、面宽4米、高2米的第三道防线。

堵口在激战，防线在抢筑，涌入的江水也在步步逼近。

8月9日，决口外围围堰终于全部露出水面。东奔西突、四处泄溢的洪流基本被控制。决口处涌水的流量、流速明显减缓，为大堤直接堵口创造了有利条件。

就在这一天，朱镕基总理亲临堵口现场视察。他为解放军官兵英勇抢险的场面所感动，禁不住泪洒江堤。临别时，他高抬双臂，拱手嘱托："拜托同志们！谢谢同志们！"

在这一天，北京军区某特别分队的220名战士，接到中央军委命令，在副军长俞森海少将的率领下飞抵九江。这支部队曾在河北抗洪抢险中首创卓有成效的"钢木土石组合坝"技术，荣立集体一等功。

经过一夜的现场勘察、制订方案，他们迅速开始作业，沿决口向江中打入一根根木桩和钢管。

急流中钢管林立，风展红旗处战士相拥。

经过29小时苦战，3排木桩和4排排架钢管从决口两边合龙，形成了一堵钢构造填石骨架。

武警某部和武警九江支队官兵身穿救生衣协同作战，他们四五人一群攀在钢架上，采用平铺进占技术，从两边向中间平铺石料。石料一层层填高，水流越来越急。施工战士用身体挡住江水，使填石进展顺利。200多名官兵一昼夜便往坝中填充了共计1万多吨的土石。

一尺尺，一丈丈，填石在增高，决口在缩小。至11日中午12时，"钢木土石组合坝"绝大部分露出水面。至此，险情已得到控制，肆虐的江水终于驯服地掉头向下游奔去。此时，长江第四次洪峰正在通过九江。

为保护这道"组合坝"，子弟兵们又历经三昼夜开始在堤外抢筑起一道新月形的挡水围堰。他们在那些沉船的外围揳入钢管，来固定投下去的沙石。福建武警8710部队的黄谱忠师长想出了一个绝好的办法，用钢条焊接成一个个长方体的方框，把石块装入框中再投入江中，石框便稳稳地扎下了根。8月10日，围堰基本形成，江水被挡在了堰外。

9日12时30分，一位年仅20岁的战士被送到解放军一七一医院。这位名叫翟冲的战士静静地躺在急诊室里，他是驻闽集团军某团八连四班战士。从7月2日起，他就与部队一起赴江西参加国际光缆施工。九江决口几小时后，该部奉命增援九江。翟冲成为300名习水性、身体好的突击队员中唯一一位非党员战士。

在7日22时战士们往决口处填筑装好石头的麻袋时，翟冲身上绑着军用背包带，站在决口处，连续三班

官兵抗洪

不换岗。按规定，每个小组作业时间不超过半小时，3个小组轮班作业。但翟冲硬是干了一个通宵。

8月9日7时30分，还没有来得及休整的翟冲又来到43号闸口装沙子、扛沙袋。他主动与身体比他强壮的班长比试，班长一次扛两包，他也扛两包。

班长劝他说："小翟，天气太热，要注意休息，别中暑。"

翟冲说："我身体棒，累不垮。"

10时30分，当他肩扛25公斤的沙袋走上43号闸的跳板上时，忽然脸色苍白，口喘粗气，人与沙袋都跌落在跳板上。没过几分钟，他就瘫倒在地，出现抽搐、呼吸停止、昏迷不醒等严重症状。经过40个小时的抢救后，他才基本清醒过来。

医生说，他得的是热射病，属于重度中暑，这是由于长时间高温高热和电解质摄入不足造成的。在抢救过程中，翟冲多次出现呼吸停止、心跳停止的情况。医生说，这种病的反复性较大，国际上对它仍没有有效的办法，而它的死亡率是70%。

在传运沙袋的队伍中，有一位瘦弱的老战士，他是"红军团"五连的副指导员刘祥。出发前的三天他就出现便血现象，但投入封堵决口的战斗时，他和战士们一样在烈日暴晒下搬石块、扛沙袋。此后，两昼夜没有睡觉的他开始贫血，继而不出汗。

8月9日下午，刘祥在干活中终因体力不支晕了过去。连队一致同意把刘祥撤下休息，可他经过抢救苏醒以后，坚决不离岗位。在接受半小时的按摩治疗，猛灌两瓶点滴水后，他又返回到抢险第一线。

8月10日下午，城防大堤决口处外围已经垒出一道160米长、6米高的围堰，这是3000名战士没日没夜干了3天后创造的奇迹。这时，江水仍从缝隙处涌向堤外，"红军团"二营的战士们在"当年打响第一枪，如今返乡保九江"的横幅下面，喊着鼓劲的号子，把船上的石块不断扔向堵口。

在一块足有半吨重的石头面前，十几名战士无法让它挪动半步，这时，船下的战友们齐声高吼："加油，加油！"石头终于被推入水中，溅起的巨大浪花和着战士们的欢呼声，使这里变成了欢乐的海洋。可谁能想到，在这些快乐的战士中，每天有几十个小伙子因极度疲劳、高温下作业而中暑休克，甚至昏死过去。

8月12日清晨，近2000名解放军、武警官兵在南京军区副司令员董万瑞将军的指挥下，向决口堤段发起最后总攻，他们奋战到14时25分，终于在决口堤段内侧筑起了一道10米宽的新堤。

1998年8月12日18时，经过五天五夜艰苦卓绝的奋战，九江长江大堤决口封堵成功，创造了极短时间内长江大堤决而复堵的奇迹，在中国的堵口史上写下了辉煌的一笔。

至此，向九江市区渗流了5个日夜的江水，乖乖地

官兵抗洪

受缚，怅然东去。

几天来，在决口抢险现场，无论是江面还是堤头，老远都能听到战士们的呐喊欢呼声。这样的声音，几次令人误以为是胜利合龙的欢呼。许多人后来才明白，这是战士们体力耗竭以后，靠这样的叫声来振奋自己。

12日，九江决口合龙的这一天，这样的欢呼声更响，节奏更快。2000多立方米沙石都是在这样的欢呼声中传递、投放的。这一回是真的欢呼胜利合龙了。在五六级的偏南风中，欢呼声数里可闻。

有这样一份统计资料：在五昼夜的奋战中，仅"红军团"便有1200多人手上打了血疱、磨破手指，180多人烂裆，290多人烂脚，420多人口腔嘴唇溃烂，56人中暑晕倒。还有6个人被担架抬到九江驻军医院，醒来后自己拔掉针头，沿途问路找船赶回20公里外的大堤。

在堵口战役中，除了"红军团"近2000名官兵外，还有驰援九江的驻闽赣两省的武警部队和驻九江的陆海空军官兵们，以及8月9日赶到的北京军区堵口小分队。他们共同用钢筋、巨石和血肉之躯，堵住了狰狞的决口；以威震山河的气概，谱写了一曲撼天动地的堵口壮歌。

这是一段难忘的历史，有多少可歌可泣的英雄人物，有多少惊天动地的故事。滔滔的洪水，激发了我国军民团结战斗、万众一心的伟力；滔滔的洪水，考验了华夏儿女千年不摧的强大凝聚力；滔滔的洪水，再铸了中华民族之魂！

两手准备保卫荆江大堤

在 1998 年，整个抗洪斗争的漫长过程中，最让人难以作出抉择的是 8 月 16 日夜间。

最难作出的抉择是第六次洪峰到来时，决定是否实施荆江分洪。

8 月 16 日，长江第六次洪峰顺流而下。11 时，沙市水位暴涨到 44.75 米，超出保证水位 44.67 米的界线。洪水到来时卷起的巨浪，溅到了荆江大堤的堤面。此后，沙市水位一路攀升，以每小时 0.2 至 0.5 米的速度扶摇直上。

14 时，44.77 米。

16 时，44.82 米。

18 时，44.84 米。

21 时，44.95 米。

23 时，45.05 米，超出国家抗洪预案的荆江分洪水位 45 米的界线。而在 1954 年，三次动用荆江分洪工程时，水位都没有达到 45 米。当年荆江分洪及各大堤开口分洪总计分洪量超过 1000 亿立方米。专家估计，如不分洪，沙市水位将比 44.67 米高出 1 到 2 米。

水情消息迅速通报到沿江各地和北京，数百万军民、各级防指和国家防总，都紧急行动，做好了继续严防死守和实施分洪的两手准备，各级防指分洪准备的实施情

况和进展不断报到上级防指。

8月17日9时，沙市水位45.22米。

根据湖北省防总命令，荆江分洪区在8月6日、12日之后，第三次进入准备分洪的紧急状态。

15日22时，荆江分洪前线指挥部内气氛紧张，电话、手机、对讲机响个不停。转移分洪的一位负责人正在用电台呼叫22个安全区内的工作人员，要求他们在23时之前全部撤离，一个不留。

他说："1954年第一次分洪是在7月22日凌晨2时20分。目前我们已经做好所有准备，一旦下达分洪令，县人民武装部将由北向南，顺着分洪方向鸣枪示警，各村报警器也将同时鸣叫。由于时间太急，原定由直升飞机放红色信号弹的计划已取消。"

16日17时，荆州市防洪指挥部第三次发出《荆江分洪区群众紧急转移令》。7辆广播车和县广播电台、电视台滚动播出转移令。分洪区只能出不能进，公安干警、解放军部队以每个村使用一个排的兵力立即出动，配合当地干部对分洪区遗留人员进行拉网式搜索。

紧随其后的30部卡车，负责收容输送遗留人员。分洪区内漆黑的公路上，偶尔可见少量群众骑着摩托车、自行车，架着板车匆匆向安全区转移。路边民房，人去楼空。

经搜索发现，分洪区仍滞留了不少群众。19时40分，指挥部再次发布《特别公告》。前方报告，在分洪区南端南线大堤上还滞留着一两万名群众。荆江分洪前线指挥部指挥长王平命令副指挥长黄建宏，迅速把群众转移到黄山头镇。黄建宏汇报说，那里已挤满了群众，再进一两万人，连站脚的地方也没有了。王平接通石首市委书记易法新的电话，要求石首市安排接受这一两万群众，易法新当即表示接受。

在公安县杨公堤路口，16日21时30分，最后一批分洪区内的群众正在往安全区转移。在10分钟里，约有10多家村民拉着板车向堤内跑来。还有一些人试图往外跑，取回家里最后的一点财产，被戒严的武警阻止。路口电线杆上的广播一直在滚动播出县委书记的分洪转移命令。

一个50多岁的村民拉着一辆板车气喘吁吁地过来，他叫万永超，是离县城5.5公里的瓦池村人，这已经是他第三次搬上来了。头一次是6日，拉上来两车东西和4头猪。由于惦记着家里的庄稼，9日他赶着猪拉着东西回了家。第二次分洪准备令下达后，他又拉着家什赶着猪回到了堤内。15日见没有水来，便搬回了家。结果发现家里的80只鸡活着的只剩45只了。今天转移只来得及带一车东西。他还记挂着留在家里的3头猪，直后悔不应该搬回去。

21时20分，王平下令拉响警报。警报一直要求响到22时为止。

与此同时，150艘冲锋舟、100艘民船备足油料，待

令救援落水群众。国内外约 700 名记者到达荆州。国内外各界人士关注着长江水情和荆江分洪的决策，荆州市邮电局开设的水位查询热线，当晚查询沙市水位的电话有 8000 多次。

按照分洪的准备预案，北闸 2800 米防淤堤要按时炸开。当天 15 时 45 分，武警荆州支队 1000 多名官兵，紧急向防淤堤扛送了 20 吨炸药，协助解放军工兵连挖开预留炸药室，放置炸药，安装引信。设计炸开口门 2200 米。21 时 30 分，作业完毕。22 时 15 分，工作人员撤离警戒区，爆破工作准备就绪。

荆江分洪指挥部的气氛几乎凝固了，所有人都静静地看着桌上的一台传真机，最后的分洪命令将由这里接收。此时，沙市水位已达 45.07 米，以平均每半小时 1 厘米的速度上涨。平时一小时一报的水位情况，也改为半小时一报。

16 日 10 时 45 分后，国家防总指挥部来电，要求长江水利委员会水文局预报处立即核实清江隔河岩水库的入库洪峰。因为隔河岩的水量直接影响到沙市水位。清江大雨滂沱，隔河岩水库无法再冒险超高蓄水。

此时，长江委水文局接电立即部署荆江行洪水文测验工作，各路测量技术人员分赴各个处于风口浪头的测量点。

17 时 30 分，长江委水文局预报处根据变化了的隔河岩泄水量资料，预报 8 月 17 日 8 时，沙市将出现洪峰，最高水位达 45.30 米左右。

长江水位居高不下，长江大堤守护极度艰险。荆江大堤南平段和松西河的防洪大堤已多处出现特大险情，虽经两万多名官兵和民众抢险排除，但坚守大堤仍颇艰巨。最容易出事的石首、监利、洪湖的长江大堤，也由于长江水位严重超限和上游洪峰冲击，使抗洪抢险难上加难。

一分一秒，事关全局；分与不分，一字千钧。中央领导再一次让水文局拿出最准确的预报，并要求专家们在一个小时之内回答 6 个问题。

当晚专家们分析沙市 44.67 米的保证水位是 1954 年定的，在 1972 年、1980 年，长江中下游五省市座谈会决定将此提高到 45 米，目的是可以减少分洪两亿立方米。而根据 1998 年的现实雨情、水情、工程情况预报，近年来荆江大堤堤身、堤顶都已达标，堤基也进行了部分修理，沙市超过 45 米的洪峰量只有两亿多立方米，而且持续时间只有几天，因此荆江大堤能够在较短时间里承受趋于极限的压力。

专家的这一结论，为中央最后的决定起了关键性的作用。

8 月 16 日下午，得知今年长江第六次洪峰正由上游向荆江河段逼近，江泽民总书记、朱镕基总理高度重视这一严峻形势，指示温家宝即赴湖北荆州做现场指挥。

18 时 30 分，江泽民向参加抗洪的解放军发布命令，

沿线部队全部上堤，军民团结，死守决战，夺取全胜。同时要求地方各级党政干部率领群众，严防死守，确保长江干堤安全。

22时30分，温家宝一行抵达荆州。

他听取了当地和有关部门关于汛情的汇报，又详细询问了气象、水利等方面专家的意见，综合各方面的资料，进行了科学的分析判断。并连夜召集湖北省党政要员和湖北省军区司令员一起开会研究部署长江抗洪抢险的紧急措施，动员一切力量，力争把损失减少到最低程度。

根据江泽民"再看一下，坚持一下，慎重决策"的指示，温家宝最后作出了迎战第六次洪峰的紧急部署：

第一，长江大堤目前正面临最严峻的考验。军民要上堤，坚决严防死守，特别要加强薄弱地段的防守。

第二，加强巡堤查险，昼夜不间断。发现险情，及时处理。

第三，备足抢险物料。

第四，加强技术指导，科学查险排险。

第五，对重大险情特别是溃决性险情，要做好抢险预案和各项准备。

第六，要确保人民生命安全，按照计划和部署，及时转移危险地区的群众，安置好他们的生活。

严防死守，换句话，就是不实施荆江分洪。

接到江泽民总书记的指示和国家防总的部署后，荆江两岸上百万军民立即行动。

广州军区、济南军区的负责人陶伯钧、史玉孝等，亲自率领抗洪官兵把守最险要的堤段；湖北省委书记贾志杰、省长蒋祝平以及各级党政主要负责人和群众一起坚守大堤。

17日清晨7时，沙市水位上涨到45.19米。温家宝一行忙碌一夜，又直奔沙市水文站，与正在进行水文测报的技术人员共同分析枝城、沙市、宜昌、城陵矶、汉口等地水位、流量及变化趋势，指示他们及时提供水情信息。随后，温家宝一行沿荆江大堤驱车赶往江陵县郝穴镇铁牛矶险段。

堤外洪水汹涌，镇水铁牛已淹没过半。

守卫在这里的解放军官兵们表示：

坚决执行命令，坚持坚持再坚持，直至抗洪的最后胜利。

在场的干部群众表示：

人在堤在，坚决守住大堤。

官兵抗洪

17日10时，温家宝来到沙市观音矶险段。此时，沙市水位维持在45.22米的最高水位。

他向在场的干部群众说："长江第六次洪峰正在通过沙市，沙市水位是45.22米，这不仅是今年最高水位，而且是历史最高水位。荆江大堤、洪湖大堤、武汉大堤都在经历一场历史上前所未有的重大考验。"

11时，沙市水位开始回落，长江第六次洪峰顺利通过沙市。20时，沙市水位回落到45.10米，荆江大堤安然无恙，百万军民仍在严防死守。

至此，荆江分洪区经历了三次分洪准备工作。埋在闸口和大堤的炸药终于没有引爆。

面对这场洪水，中国人民万众一心、众志成城、顽强拼搏，在党的领导下，使洪水屈服在全民族团结一心所迸发出的移山伟力面前。没有大难，没有灾民饥饿和疫病流行，也没有社会的慌乱和不安，取得了抗洪救灾斗争的全面胜利。

三、 全民支援

● 朱镕基总理亲临九江溃口现场，紧紧握住杨光煦的手说："专家技术人员在这次堵口抢险中发挥了高超的技术，立了功！"

● 罗典苏苏醒了。他睁开眼的第一句话是："桩打好了没有？那两处管涌堵住了没有？"听了他的问话，在场的人都忍不住流下了热泪。

● 杨志鹏和伙计们眼含热泪，穿过森林般举起的手臂，依依不舍地踏上了返乡的路途。背影远去，官兵们敬礼的右手却迟迟没有放下。

专家在抗洪现场科学指导

1998 年抗洪抢险的过程中，科学抗洪、科学决策成为各级抗洪指挥者自觉恪守的天条。

水利部在长江流域和西南诸河的派出机构和长江防汛总指挥部的长江水利委员会，拥有一支强有力的技术骨干队伍。他们中有一流的截流、防渗、预报、勘测、土木等各方面的专家。

在 1998 年夏秋之交的这场大洪水中，这些掌握着丰富的科学知识和先进的技术手段的专家和技术骨干，在水雨情预报、蓄泄洪调度和抢险现场指挥等方面发挥了巨大作用，提供了不可替代的智力支持。长江委所属的螺山水文站站长林天才工程师说，防汛测报必须顶得住、测得到、报得准、报得出。

当时，在长江委水文局，几乎每间办公室都有一张沙发搭成的简易床，专家们 24 小时守候在办公室。

与 1931 年、1954 年，甚至 1996 年抗大灾不同的是，1998 年有大量先进的科技手段应用于抗洪抢险中。全球卫星定位系统，海事卫星遥测系统，水文自动测报系统，水位自记存储远传系统与各水文站、水位站、雨量站、气象站联成测报网络，激光测距，水下彩色摄影等一大批尖端技术设备密切注视着长江流域的风云变幻，水涨水落。

观测发报密度从四段制、八段制发展到逐时制，直至每半小时就要报一次。洪水流量、降雨量、天气云雨、上游来势、下游走势、泥沙含量等各种水情资料汇总分析后送到决策者手中。预报处对几次大的暴雨洪水过程、转折性天气、中下游干流重要站点进入控制水位都作出了准确的预报。

根据防汛测报需要，长江委利用亚洲2号卫星开通了武汉至北京的防汛卫星通道，在长江流域通讯站原有3个话路基础上增加了10个双向卫星话路。

在宜昌联网工程中，采用光纤、数字微波和数字程控交换机等先进通信技术手段，构成了以三峡水文局为中心的区域网，通过高速专用通道将水雨情况及时送至长江防总和国家防总。

在抗洪抢险过程中，水利科学家和抗洪经验丰富的老领导以及成千上万的专业技术人员，也纷纷走上抗洪一线，为指挥员决策提供科学依据。

7月2日，长江第一次洪峰到达荆江，患高血压的原荆州市水利局局长易光曙，中断了住院输液治疗，来到市防汛指挥部。和他一起担当顾问工作的，还有有多年指挥抗洪抢险经验的原荆州军分区司令员李光中和长江河道管理处的老处长袁仲石。

这三位老同志多年进行荆江水事，地名数字、成灾险段，早已烂熟于胸。他们先后到监利县三洲，洪湖市

全民支援

的燕窝、周家嘴，公安县的南平镇参与抢护。有时到现场 5 分钟就作出决定，部队民工立刻实施。

"防汛好参谋"罗才彪，是武汉市江汉区防指工程技术组负责人。武汉抗洪最紧张的一个深夜，风狂雨骤。罗才彪冒雨驱车巡查堤防各守护点。

沿途，堤边好几棵大树被狂风刮倒，他下车逐一提醒守闸人员，及时移走倒伏的树木，填实树坑，以免危及大堤。看到暴雨造成渍水，他又通知泵站排渍。

在巡查期间，他忽然接到港 18 码头闸口报警：迎水面围堰出现裂缝。5 分钟后，他就赶到了闸口，指挥同时赶来的突击队卸载、抛沙袋护堤脚，一直干到凌晨 3 时。之后，他正准备休息一会儿，武汉关闸口又传来险情报告。罗才彪起身即往现场赶，一直干到了第二天清晨。

长江第六次洪峰过武汉前，罗才彪综合研究老专家的意见和龙王庙险段特殊的地质结构，建议区防指及时扩大查险范围，在沿堤脚 250 米范围内构筑三道防线，挨家挨户查一查是否出现散浸、管涌险情，以免延误抢险时机。区防指采纳了他的建议。几天后，果然在一家沿街果批商店和一个居民家中发现了散浸点，并及时控制了险情。

在罗才彪的记事本上，密密麻麻地记录了 1998 年汛期以来 46 处险情发生的时间、地点和处理办法，还有他对出险原因的分析及对区防汛指挥部今后防汛的建议。

正是因为这些周密、细致而又合乎科学规律的工作，使罗才彪得到了一个"防汛好参谋"的美誉。

8月7日,在长江干流九江段,一处防洪墙崩塌发生决口后,水利部专家组和其他水利专家,从各自不同的地方连夜奔赴九江决口现场,与当地水利技术人员一起进行现场查勘。

参加过葛洲坝工程截流、三峡工程截流的国家防总江西安徽段专家组组长、长江委设计院副院长杨光煦观察到,洪水从溃口处汹涌而入,落差高达4米。由于河床地质条件差,没有机械化作业的条件,所以杨光煦指挥在50米的溃口处沉下一艘长75米、载重达1600吨的铁驳船,铁驳船的前方再沉几条船,以此为基础迅速筑起一道半圆形围堰,以减缓洪水的流速与流量。

然后,解放军抢险队用杨光煦提出的"框架结构土石组合坝技术",在约60米长的决口处架起一排排钢管木架并填充数千吨石料封堵决口。

经过连续两天两夜抢护,实现决口封堵成功,从而创造了大型江河在超历史洪水下堵口截流成功的世界奇迹。

这时,堵口的缝隙中还有江水不断渗出,来自黄河小浪底建管局的水利专家吴熹提出实施工程闭气,将大量黏性土填入围堰内,从而解决了渗水问题,保证了江堤的安全。

8月9日下午,朱镕基总理亲临九江溃口现场,紧紧握住杨光煦的手说:"专家技术人员在这次堵口抢险中发

全民支援

挥了高超的技术，立了功！"

专家的智慧得到了当地领导的敬重。连日的抢险中，杨光煦的衬衣磨破了，江西省委书记舒惠国发觉后，赶紧找人买来新衬衣；碰头会上，舒惠国发现杨光煦疲惫至极，感冒咳嗽，又专门请来医生；省长舒圣佑让秘书打电话"命令"正在赶写堵口技术方案已两昼夜未眠的杨光煦一定要睡觉。

最让杨光煦感动的是，8月17日那天，当巡堤回来的他回到住地餐厅时，一盒漂亮的祝寿蛋糕正等着他，省委书记亲自为他揭开了盒盖，这位老专家在紧张抗洪的间隙度过了他的花甲之日。

在武汉市洪山区天兴乡，有一位被人们亲切地称为"黄工"的黄金培。10多年来，黄金培作为洪山区防汛技术总指挥，指导天兴乡人民一次又一次战胜了洪水。

1997年，天兴洲南岸崩岸现象频繁，严重威胁着整个天兴洲堤防的安全。在年初的一次会议上，他提出了退垸扶堤的方案，即在天兴洲南岸离旧堤两公里处筑一条新堤，放弃旧堤以确保整个大堤。由他亲自设计和组织施工的这项工程，在1998年天兴洲的抗洪中起了至关重要的作用。

黄金培负责整个天兴洲21公里围垸的工程技术。10多年来，他走遍了天兴洲上的每一寸土地。防汛期间，他每天都要巡堤查险，即使是杂草丛生的地方，他也要看一看，摸一摸，踩一踩。哪里发现管涌、散浸，就及时处理，将险情消灭在萌芽状态。

排除一处险情，往往需要奋战几天几夜，黄金培自始至终都在现场指挥。有时一处险情排除了，又会有另一处发生。一连好几个昼夜下来，累极了的黄金培会抽空找一个角落倒头就睡，以堤为床，草袋作被。

黄金培家中只有 84 岁的老母。每次进驻天兴洲之前，他就买来大量食品，加工好塞进冰箱，老人饿了就随便吃一点。1995 年防汛期间，老人胆结石发作，几天水米未进，躺在床上险些死去，当时，天兴洲正吃紧。等他赶到医院时，已经是一个星期以后了。母子执手相看，儿子满心内疚，老母亲却因儿子平安归来喜悦不已。

就是这些水利专家和治险专家，在严防死守的日日夜夜，和抗洪军民协同配合，成为夺取抗洪胜利的一支关键力量。

全民支援

水兵潜入水底查看险情

1998 年 7 月 23 日晚，洪湖市乌林镇梅潭村小梅潭处发现重大管涌险情。这里是 1931 年长江决堤冲击形成的一个深潭，面积约 900 多平方米，深约 7 米，附近还有 4 至 5 个大小不等的水潭相连，长江大堤从潭边擦身而过。

由于潭水幽深，一般人难以潜入水底查看险情。赶到现场的洪湖市市长韩从银情急之中想起了参加洪湖防汛的湖北省体委工作组，便马上请求他们派遣一名潜水高手前来助阵。

第二天上午，湖北省体工三大队蹼泳队郑刚赶往现场，几次潜入 6 米多深的水潭中，查明该处是管涌翻沙，而且是大堤基础部位翻沙。韩市长高兴地说："这种人才应该多留几个。"

在此之前，洪湖市为查探水底险情特意请来过一名重潜队员。但是，由于重潜的装备重达 100 多公斤，队员难以弯腰，活动很不方便，而且隔着厚厚的手套触摸不出水底的沙量、水量。因此，韩市长才决定改请蹼泳队员。

当时，湖北省体工三大队蹼泳队，及时发现管涌 20 多处，为及时处理长江大堤险情提供了确切资料和数据。

同时，武汉海军工程学院潜水抢险突击队在抗洪抢险中屡立奇功。他们是由潜水专业教员和潜水兵组成的一支突击队,是湖北省唯一一支专业化水下抗洪抢险尖兵。

8月初,某公司工程队对汉口东风江堤段进行水下探摸后,发现水下出现巨大的漩流。漩流是将要发生重大险情的前兆,它预示这一带江堤将会出现大面积坍塌,而且一条繁华的商业街将被淹没。

得知这一情况后,湖北省和武汉市防汛指挥部十分紧张。如果险情属实,须耗费几千万元,在其后方再修筑一座新的堤坝,才能确保武汉市区的安全。此时,他们想到了海军工程学院潜水抢险突击队,便请求该队出马探险。

当地老人说,30年代末,日本人曾在江堤下修了一根进水管。为探明管涌是否由该进水管造成,潜水队的官兵们冒着生命危险,潜入20米深的江底探查,终于找到了这根直径达1米的水管。与此同时,他们钻进湍急的水管里投放蓝色染料,不一会儿,管涌处涌出蓝色的水流。猜想得到了证实,险情的根源得以查清。为此,中共湖北省委、湖北省人民政府给他们荣记"抗洪抢险集体一等功"。

他们在水下什么也看不见,为了确保探查准确,他们在水下都不戴手套。许多人的双手因此被碎玻璃、废铁丝等物品划得鲜血淋漓。

8月4日上午,潜水员李志辉、吴向君等4人又继续

在该险段下潜仔细探查。当天下午，官兵们又潜入水下对江堤底质进行电视摄像，再次确认此处 100 米江堤险段水下地质无异常变化。到洪水退至安全水位为止，这段江堤一直没有出现重大险情。

在抗洪期间，他们曾 5 次对汉口龙王庙 200 米江堤的险情进行了水下探查。该险段地处汉江、长江的汇合处，水下暗流湍急，漩涡凶险，险情远远超过安全潜水界线。同时，该处锚链、钢缆和桩墩等水下障碍物密布，对潜水员的生命安全构成严重威胁。

但是，官兵们仍然舍生忘死，抱着 40 公斤重的压铁下潜探查，下潜最深处达 20 多米。经过 6 个多小时的奋战，他们终于探明了该处江堤水下底质，使有关部门对险情做到了预防准备。

7 至 8 月的每一天，他们几乎都在与死神擦肩而过！8 月 4 日下午，在嘉鱼县簰洲湾江堤溃口处，潜水班长焦学民潜水探查沉入水下 9 米处的汽车，打捞牺牲战士的遗体。突然，他背在身后的压缩空气瓶被车上的伪装网缠住，无法挣脱，处境十分危险。

面对困境，焦学民沉着冷静，想方设法解开了气瓶背带，然后卸下气瓶，转身摸索着解脱了伪装网。危险过去了，浮出水面的焦班长依然泰然自若。

他们就是在这样的险境中从事着危险的工作，其中 11 名潜水员多次进行对身体损害较大的重复潜水和疲劳潜水。由于气候炎热和环境险恶，他们先后有 6 人中暑，每人身上都有伤痕，但是，他们却没有一人退下"水线"。

在一次水下作业后，战士赖叶能刚刚浮出水面就累得晕倒在地，但是，第二天他仍积极要求下水探险。海军百名优秀士兵之一的军士长姚秀桥，连续4天高烧39度，仍坚持下水作业。

已被海军潜艇学院录取的战士李圣鹏没有回湖南老家看望遭受水灾的父母，毅然留校参战。原来，李圣鹏1996年在武汉市抗洪抢险中因表现突出被保送到海军潜艇学院深造，他暑假回遭受水灾的湖南老家探望父母，路过武汉时，也毅然加入了潜水突击队的行列。

1998年7月以来，潜水突击队官兵先后16次出击，对武汉市中华路、龙王庙、东风3处和嘉鱼、洪湖等地15处江堤险段进行水下探查和水下摄像，共潜水作业200多人次，累计水下作业时间100多小时，排除大小险情及疑点20多处，为湖北省和武汉市防汛指挥部提供了准确的江堤地质资料，为制定正确的抗洪决策提供了可靠依据。

武汉市市长王守海多次到潜水现场看望该队官兵，称赞他们是"特别能吃苦、特别能战斗的水下尖兵"。

8月7日，武汉市委、市政府通报表彰了这支潜水突击队，号召全市人民向他们学习，并奖励他们两万元人民币，但官兵们又将这两万元转赠给了灾区人民。

全民支援

党员冲在最危险的地方

1998 年夏，在长江抗洪抢险斗争中，广大党员充分发挥了先锋模范作用。

哪里最紧急，哪里最危险，哪里就有共产党员。从士兵党员到将军党员，从普通党员到各级党员领导干部，个个临危不惧，冲锋在前。

8 月 17 日 10 时，在湖南省岳阳县麻塘垸北闸堤段，刚用罩锤打了木桩的一名中等身材的人坐在堤坡上，脸色发青，额头上汗珠直往下滴，用右手不停地揉着左胸和左肩，气喘吁吁地说："我不舒服，心脏病犯了。"人们马上从他口袋的小瓷瓶里掏出"速效救心丸"，连续给他喂服了两次，他还是昏厥在堤坡上。

这位昏厥的人，就是湖南省岳阳市市委宣传部长罗典苏，他是累倒的。

7 月 15 日，他刚从外地回到岳阳，得知市委分配他任岳阳县抗洪抢险总指挥，而长江和洞庭湖水位正迅速上涨，他在家用半个小时准备了一下行装，当晚就赶到了岳阳县防汛指挥部。

罗典苏把防汛抗洪的责任看得比泰山还重。从上堤的第一天起，他白天巡查、指挥，坚持每天凌晨 3 时到 5 时去大堤检查防守情况。他说："凌晨 3 点到 5 点，是守堤人最疲劳的时候，最容易出问题。"

为了保证大堤的安全，他上堤 30 多天来，不分白天黑夜，不知疲倦地奔波，哪里有险情，他就奔赴哪里。

7 月 28 日晚，大雨倾盆，麻塘垸大堤遭到洪峰袭击，金山堤段出现的 80 多米长、8 米来宽的纵向裂缝堵了一天还未处理完。他和县委书记卢良才、技术人员制订了里加平台、中间升导浸沟、堤外削坡减负的处理方案，但是险情仍然控制不住。

麻塘大堤的堤高坡陡，入汛以来 12 公里的大堤共出现大小险情 1000 多处。罗典苏组织工程技术人员昼夜试验，终于用灌浆机钻孔灌水泥的办法封堵住了管涌。

事后，到现场查看的水利专家对此大加赞赏，称外行解决了一大难题。

他一身淋得透湿，仍然坚持冒着雨指挥。卢良才劝他："老罗，你身体不好，顶不住，这里有我们，你先回去休息一下。"

罗典苏说："你们都在这里，我怎么能回去，我必须和群众在一起干！群众看到我们在这里，信心更足，劲头更大。"他一直坚持到 29 日凌晨 4 时险情处理好后才离开大堤。早晨 6 时，他又上金山堤查看。

一次，巡堤查险时发现守护管涌的人喝了酒睡在堤上，从不发脾气的罗典苏大发雷霆，当众斥责道："你这是拿堤下几万父老乡亲的生命当儿戏！"

还有一次，听说一位村民在抢险中被拖拉机撞伤，

罗典苏非要登门探望，途中却因劳累在车上睡着了。司机没忍心叫醒他，将车开回了堤委会。

罗典苏醒来后非让司机按原路返回。在那位村民家里，罗典苏听说他为了疗伤已花去 1000 多元，当即表示为他解决 500 元。罗典苏说："他是为抢险负的伤！"

8 月 14 日 21 时，洞庭湖面刮起 8 级西北风，中洲垸来电话告急，3 米多高的大浪翻过堤面，4.1 公里的挡水墙大部分倒塌，大堤岌岌可危。中洲垸，保护着 12 万人、15 万亩耕地。罗典苏立即驱车赶到中洲垸。

他迎着狂风恶浪，走上大堤，浪头随时都有可能把他打翻。他毫无惧色，指挥 4000 多军民用蛇皮袋装卵石塞挡土墙洞穴，抛预制块，一直干到早晨 7 时风浪停止，保住了大堤。

那些日子里，大堤成了罗典苏生活的全部，为了大堤的安全，他忘记了疲劳，他的所有情感都被滚滚长江牵动着。

8 月中旬有消息预测，长江第六次洪峰于 19 日到达岳阳。罗典苏心急如焚，他最着急的是一段 150 米长的纵向裂缝会对整个大堤构成威胁。尽管已有除险措施，可他坚持在堤脚再打上 200 根木桩。

17 日上午，罗典苏又一次来到这处险段，见几十个疲惫不堪的村民正有气无力地抡着大锤，工程的进度远非他所想象。

罗典苏急了，他走上前去抢起 15 公斤重的大锤朝一个木桩砸了下去。仿佛注入了一针强心剂，村民们抖擞精神抡圆了大锤，一口气打下了5根木桩。

兴奋不已的罗典苏指着一根1米多高的木桩对旁边的3名村民说："我也算一个，听我的号子！"

"一、二、三……"4个人抡起40公斤重的罩锤砸向木桩，50多锤下去，木桩终于全部插进了堤身。

罗典苏喘着粗气坐到了地上，他感到有些不适。他只说了句"我不舒服，心脏病犯了"，便向后一仰，倒在了地上。

在医院经过6个多小时的抢救，罗典苏苏醒了。他睁开眼的第一句话是："桩打好了没有？那两处管涌堵住了没有？"

听了他的问话，在场的人都忍不住流下了热泪。

尽管岳阳市第二人民医院严格控制，但前来探视的人依旧络绎不绝，走廊上、大厅里，站满了手捧鲜花的人群。

朱镕基总理看了罗典苏的事迹报道后说：在紧要关头，我们的党员干部就要像罗典苏同志那样，身先士卒，给群众做出榜样。

在千里长江大堤上，共产党员们的平凡事迹，质朴的作风中映射着夺目的光彩。

武汉市水利局副处长、高级工程师、共产党员潘良勇，是武汉抗洪中英勇献身的第一人。当时，他患有高血压、冠心病，而且正处于脑溢血恢复的关键时期。入

全民支援

汛以后,他再三请求,硬是来到了抗洪第一线。

7月,潘良勇和同事们冒着高温,常常一天驱车200多公里,先后查看10多处险工险段,往往23时多才疲惫不堪地赶回家。由于劳累过度,不幸脑溢血突发,两天后以身殉职,年仅52岁。

7月下旬以来,株洲预备役师先后快速收拢集结1000多人,固守益阳市南县育乐垸茅草街镇、岳阳市华容县洪山头镇长江大堤。

全师288名党员表示,一定要在这场抗洪斗争中发挥模范带头作用。为显示其党员身份,他们特地在右臂扎上了一条红飘带。

7月27日早上,由南县与安乡县6个乡镇构成的南汉垸西洲大堤西伏段出现60多米塌方滑坡。堤身出现10多处裂缝,内坡堤脚10米处两个沙眼转化成管涌,浊水喷出两米多高,严重危及32万亩农田和15万人的生命财产安全!

险情就是命令。预备役师舟桥连的官兵与友邻部队火速赶到大堤。专职副师长吴凯建一声召唤,在场的22名党员齐刷刷地站了出来,22条红飘带十分夺目。在他们的带动下,另外20多名非党员预备役军人,也毫不犹豫地步入抢险大军。

管涌向堤身靠近,直径逐渐扩大到两米,随时有可能发生坍塌溃垸!在这最关键、最危险的时刻,随后赶到的10多名臂扎红飘带的共产党员站了出来,专门递送其他劳力背来的卵石压管涌，背土垒袋加高堤身。经过10多个小时奋战，险情终于被制伏。

8月的湘北夜晚，异常闷热，抢险一整天的人们都十分累了，许多人一倒头就进入了梦乡。而在大堤上，一支支手电射向大堤的每一个角落，那是负责巡检查险的人在工作，他们的臂上都系着一条红飘带。

在288条红飘带的模范带动下，这个师1000多名官兵，兵分三路，五战洞庭，出动冲锋舟100多艘次，抢运防汛物资数十吨，修筑子堤1000多米，圆满地完成了上级赋予的各项任务。

当时，在暴雨如注、浊浪滔天的危急关头，遍布长江大堤的临时党支部，成为指挥战斗、鼓舞斗志的坚强战斗堡垒；党员干部手持的小红旗，成为导引群众制伏洪魔、夺取抗洪斗争胜利的火炬。

全民支援

各地人民大力支援灾区

1998 年 8 月，当长江第六次特大洪峰过后，所造成的受灾影响是比较明显的。尽管有那么多的人无家可归，但党和人民并没有抛弃他们，而是伸出亿万双援助之手，来帮助和解决受灾群众的各项困难。

无论受灾群众的衣食住行，还是医疗卫生，无不倾注着党和人民群众的关怀和支持。

一位 84 岁的老人拿出自己多年积攒下来的 3000 多元钱全部捐献给了灾区人民，并动情地说："我年轻的时候也讨过饭，但那是旧社会，我知道那很苦，所以我要把这些钱捐给那些现在受灾的人，也是我的一点心意。"

类似的情形十分普遍，较为令人感动的是，许多少年儿童和残疾人也十分踊跃地投入到捐款捐物献爱心的行动中来。作为中国人，作为一名有血有肉的中国人，他们用自己的行动和爱心，感动了灾区的广大人民群众。

在首都北京，人们捧出了一颗颗不能拒绝的爱心，也上演了一幕幕动人的故事。

中华慈善总会捐赠处：8 月 12 日 11 时，北京市广渠门中学 97 级宏志班刘芳、沙钥同学来到西单二龙路捐赠站点，将他们全班同学暑假打工挣下的 5000 元钱全部捐献给了灾区人民。

13日10时，家住北京复兴路14号空军大院的67岁的老人沈阳，在家人的搀扶下来到西单二龙路捐赠站点，郑重地把一万元钱交给了工作人员。她说："党和人民养育了我，现在是灾区人民需要我献出一点爱心的时候，我为何不尽点报答恩情的义务呢?!"

但是，谁又知道她是一位在家卧病已长达6年之久的老人呢？这一万元捐赠，凝聚着老人的深情和爱心，是老人多年省吃俭用一点一滴积攒起来的。

8月13日，北京市65中初一学生杨地独自来到民政部捐赠点，把自己的70元零花钱捐了出来。

北京电视台赈灾捐赠处：14日7时，第一个来到捐款办公室的是中国科学软件研究所的退休人员张巨东，他拖着今年春天刚做完结肠癌手术的病体，郑重地捐出了500元，支援灾区人民。

燕京汽车厂的金波和杨淑珍是一对60岁的老夫妻，他们也在14日上午骑车一个多小时赶来捐赠了1000元。他们动情地说："灾区人民需要援助，我们只能略尽绵薄之力。"

一位打工者捐款100元，说："我没有固定地址，也没有固定收入，但比之灾区人民损失了家园，比之解放军在抗洪一线流血流汗，我尽这点力是应该的。"

……

湖南各界人士纷纷投身到爱心奉献的行动中去。

全民支援

湖南省民政厅救灾捐赠处：7月31日上午，湖南省武警总队的3名代表，代表着总队机关及其直属的单位近1000名官兵的爱心，向灾区人民捐款11.53万元。

　　一个多月来，湖南省武警总队的官兵们奋战在抗洪抢险前线，以血肉之躯谱写了搏击洪魔的壮烈篇章。尚未洗去征尘，在刚从岳阳抗洪前线返回的总队政委徐国武少将的发动下，他们又踊跃捐款。

　　仍坚守在抗洪前线的官兵们也纷纷打电话委托家人或战友代为捐款。此刻，来送捐款的一位警官一语道出了官兵们共同的心声："作为人民子弟兵，我们抗洪抢险冲锋在前，捐款也不能落后！"

　　62岁的老共产党员彭顺超走进募捐办时，省募捐办工作人员、省慈善总会办会室副主任汪觉站起来迎接他。这位衣着朴素的老人，1993年从省地矿厅414地质队退休后，一直热衷于慈善事业。

　　他和老伴卜爱贞平日粗茶淡饭，省吃俭用，而将所有积蓄用于扶危济困，几年来他共为各项慈善事业捐款达40余万元。这次，他又捐款2000元。

　　捐款者走了一批，又来一批。省交通厅副厅长李国友带着全厅工作人员个人捐集的50万元现金来了；标枪名将张连标带着备战第十三届亚运会的20名湘籍健儿的2万元捐款从北京赶来了；白发老人颤巍巍地来了，稚气未脱的小学生来了……

尽管家园已失，尽管土地被淹，但是灾区人民的心气却很高，他们有信心也有决心去重建家园。在党和人民群众的大力支持下，灾区群众生活较为稳定，只待肆虐的洪水退后，去重新耕耘。

　　1998 年 8 月 22 日，如同"天上掉馅饼"，洪湖市燕窝镇抗洪官兵们吃上了"天上掉下"的面条，即碗碗香喷喷的兰州拉面。面条来自 28 岁的回民个体老板杨志鹏。

　　原来，在洪灾泛滥时，杨志鹏关掉了郑州市区的拉面馆，跑到长江干堤上又开了一家。

　　两家面馆的区别是：前者是杨志鹏苦心经营的餐饮店铺，后者则是湖北洪湖抗洪将士的免费餐馆。

　　"杨老板每天给我们做面条，从不收钱，良心啊！"滚滚长江边，手捧热乎乎的面碗，将士们感动不已。

　　起初，杨志鹏只想为灾区军民捐两车方便面。"后来知道部队有好多北方战士，他们一定不习惯南方的饮食，吃不好饭恢复不了体力，能坚持住吗？"杨志鹏犯了难。

　　"要不带上伙计去前线给战士做面条？"当时，连杨志鹏自己都为这个脱口而出的想法吃了一惊。

　　杨家祖传两代兰州拉面，杨志鹏和弟弟在兰州经营的"杨记清真拉面馆"红红火火，已发展成数家连锁店。

　　既然有了这个愿望，便要实现。

　　8 月 20 日，杨志鹏一咬牙关掉了郑州市的全部面馆，

全民支援

租借了两辆大客车和一辆吉普车，带着面馆里的 12 名伙计和全部家当，浩浩荡荡地开赴洪湖抢险前线。

21 日傍晚，他们跋涉 800 多公里到达长江干堤时，一起脱坡险情刚刚发生，1500 名解放军官兵正在奋力抢护。

杨志鹏一口气没歇，当即招呼伙计们挂招牌、架铁锅、生炉子、烧开水、和面粉。当晚，800 多碗面条便送到了战士们手上。

"我们帮不了什么大忙，能做的就是把面条做好。"每天 5 时，杨志鹏便开始和伙计们忙碌。他说："战士们多吃下一碗，便多增一分体力，也算我们为抗洪出力了。"

很快，从郑州带来的 100 袋面粉、150 公斤鸡蛋、280 公斤油菜和 1000 多公斤西红柿用完了。杨志鹏将带来的 1 万多元现金全部买了面粉、包菜和鸡蛋。洪湖没有牛肉，他又专门去武汉采购。

8 天里，杨志鹏共为官兵们做面条 2 万多碗。每做一碗，他们就赶紧趁热端给休息的官兵，有时甚至将面碗端到了大堤上。

可是，杨志鹏他们自己却一碗也舍不得吃。每天，方便面、矿泉水是他们的全部饮食；"面馆"棚子旁的几张席子是他们的全部生活空间。

当地百姓也被杨志鹏感动了。他们送来了面粉、蔬菜、肉和煤，消防车送来了干净的自来水，一些村民还主动跑来给他们打下手。

闻知此事的某军军长马殿圣及湖北省领导特地赶到"杨家面馆"，拉着杨志鹏的手说："一碗拉面，代表一颗心啊！"

8月29日，杨志鹏用尽了全部原料和所有现金，决定率"回民支队"离开洪湖。临行前，部队官兵和洪湖市党政领导前来送行。杨志鹏说："如果洪水还涨，只要这里需要，我们随时再开回来。"

千里长堤上，官兵们站在炎炎烈日下列队欢送杨志鹏他们。情到深处，谁也想不到的一幕出现了：

"敬礼！"某部营长一声令下，官兵齐刷刷地举起了右手。

这该是怎样的一次送行啊，一次破例的仪式，一次军人们所能表达的最高规格的送行。杨志鹏和伙计们眼含热泪，穿过森林般举起的手臂，依依不舍地踏上了返乡的路途。背影远去，官兵们敬礼的右手却迟迟没有放下。

与此同时，在沈阳，民营企业家张抗修也当掉"奔驰"轿车，亲自送救灾款物到湖北监利灾区。

36岁的张抗修是沈阳华立公司总经理，得知湖北省抗洪救灾的形势后，他决定向湖北省监利灾区捐赠100万元的救灾物资。

全民支援

可是，他把手上的现金全都购买了灾区必需品，100万元尚缺 30 万元。于是，张抗修决定将自己价值 110 万元的"奔驰"轿车抵押给沈阳北市典当行，融资 30万元。

8 月 28 日，紧急筹集的价值 100 万元的药品、食品、棉衣、棉被和矿泉水全部到位。

受张抗修义举的感染，沈阳华立实业总公司职工踊跃捐款 1.8 万元。张抗修还在公司内组织了一个由 30 名青年志愿者组成的抗洪队，并决定亲自带队奔赴长江抗洪救灾前线。

26 日 9 时，张抗修租来了 4 辆大卡车，加上公司的 4辆卡车组成车队，星夜兼程，经过四天三夜 2600 多公里的长途跋涉，于 29 日下午抵达监利。

30 日一早，张抗修带领青年志愿者抗洪队穿上自备的救生衣，赶到监利尺八长江干堤抗洪抢险。短短的一天，张抗修他们给监利 10 万抗洪军民以极大的鼓舞。

水灾无情人有情。在洪水灾害面前，有党中央的坚强领导，有社会主义制度的有力保证，有血浓于水的八方支持，必将赢得抗洪救灾的最后胜利！

海外华侨，国际友人也纷纷表达了拳拳赤子之心，希望受灾群众能够重建家园，虽然他们远在千里，但仍然心系灾区民众的生活。

远在太平洋的另一边，美国的 20 多个华人社团，自发筹建了赈济中国水灾筹委会。旅美华人积极响应，慷慨解囊，踊跃捐献，向祖国的受灾同胞表示一片同情之心。

与此同时，罗马华侨华人联合会也向广大意大利华人华侨发出倡议，为救助中国灾区同胞伸出援助之手。

倡议书发出的当天，作为罗马华侨华人联合总会会长的董志清先生在接受《人民日报》记者采访时说，该会已决定先拨出2000万里拉，约合1.2万美金，作为援助灾区的第一笔捐款。

许多国家和地区的驻华使节或代表也纷纷致电、致函党中央、国务院，对中国的水灾表示同情和慰问。美国驻华大使尚慕杰代表美国政府，向中国人民捐赠了药品、食品、物品等赈灾物资，捐赠仪式在湖南省政府所在地长沙市举行。

　　我们万众一心，手拉着手，心连着心，我们一同面向明天。

　　我们万众一心，就是雷霆万钧！哪怕山崩地裂，哪怕浪高水深！我们就有这种精神，雄心不倒，豪气长存！

雄壮的歌声凝聚真情，磅礴的气势震撼人心。它显示了全国人民万众一心夺取抗洪斗争胜利的坚定信念；

它表现出中华民族面对自然灾害不屈不挠的可贵精神；它凝聚着海内外华夏子孙的爱国之情。

抗洪赈灾的生动场面，充分显示了伟大的中国人民在党中央领导下，战胜艰难险阻的强大凝聚力，万众一心、众志成城的英雄气概和一方有难、八方支援的社会主义大团结、大协作精神。这种精神是振兴国家和民族的深厚力量。

风雨同舟，情暖人心，一方有难，八方支援。在党中央的号召和组织关怀下，各地的救灾工作高效、高质地优先处理好，灾区人民情绪稳定，生活基本安置妥当。

四、 表彰英雄

● 高建成一边组织疏散战士，一边不断大声喊着："同志们，不要惊慌，有我和连长在，有党员干部在，就一定要保住战士们的生命，就是牺牲我们也要保住大家。"

● 李向群涨红着脸对指导员说："这是我的入党申请书，请党支部在'水线'上考验我，把最艰巨的任务交给我，最危险的地方让我上，我一定用实际行动证明我的入党誓言。"

● 上救护车前，吴良珠左手按住腹部，右手从上衣口袋里掏出身上仅有的 10 元钱，对战友说："早上听广播．全国人民都在捐款支援灾区，我也表示一点心意吧！"

● "生死牌"上，鲜红的大字写着周菊英的誓言："服从命令，听从指挥．誓死保卫大堤，誓死保卫家园！"

人民大会堂表彰抗洪英雄

1998 年 9 月 29 日，中共中央、国务院在北京人民大会堂隆重举行全国抗洪抢险总结表彰大会。江泽民、李鹏、朱镕基、李瑞环、胡锦涛、李岚清等党和国家领导人出席了大会。

大会由朱镕基主持，江泽民发表重要讲话。

江泽民说：

坚决战胜这场洪水，是保护人民生命财产安全，保卫改革开放和现代化建设成果的一场重大斗争，也是对中国人民与天奋斗的勇气、信心和力量的一场严峻考验。在同洪水的搏斗中，我们的民族和人民展现出了一种十分崇高的精神。

这就是万众一心、众志成城，不怕困难、顽强拼搏，坚韧不拔、敢于胜利的伟大抗洪精神。抗洪精神，是爱国主义、集体主义和社会主义精神的大发扬，是社会主义精神文明的大发扬，是我们党和军队的光荣传统和优良作风的大发扬，是中华民族的民族精神在当代中国的集中体现和新的发展。

1998 年 10 月 8 日，中央军委在北京人民大会堂举行全军抗洪抢险庆功表彰大会。

在会上，江泽民发表讲话指出：

在这场伟大的斗争中，我军充分展示出坚决听从党的指挥，视人民利益重于一切的高度政治觉悟；充分展示出指挥果断、反应迅速、战无不胜的过硬素质；充分展示出英勇顽强、连续作战、不怕牺牲的战斗作风；充分展示出令行禁止、秋毫无犯的严明组织纪律性；充分展示出密切配合、官兵一致的团结协作精神；充分展示出全面、快速、高效的保障能力。

……

抗洪精神是我国人民的宝贵精神财富，抗洪精神是中华民族的伟大的凝聚力的又一次展示，是世世代代继承和弘扬的民族精神，它将激励我们不断从胜利走向新的胜利。

表彰英雄

高建成为救战友光荣牺牲

高建成，中国人民解放军某高炮团二二五营一连指导员。1998年8月1日，随部队参加抗洪抢险，在湖北省嘉鱼县簰洲湾地段抗洪时，高建成为抢救战友光荣牺牲。

1998年8月1日，高建成和战士们吃过晚饭，正像往常一样召开有关抗洪抢险的例会。突然，一阵急促的电话铃声响起，湖北省防总指挥部命令：簰洲湾中堡村堤垸发生严重管涌，部队火速赶赴抢险。

接到命令不到3分钟，168名官兵就踏上5部大型牵引车，向险堤疾驶而去。车越往前行，路面上的水越多，车队两旁都是成群结队向后撤退的群众。

高建成看到人群中一位老大爷和一位老大娘互相搀扶着，颤巍巍挪不动步，立即停车将两位老人扶上车来。

20时30分，车队距离簰洲湾堤坝只有100多米时，因多日浸泡变得松散的大堤，在管涌的压力下轰然决口，落差近10米的洪水裹挟着泥沙以排山倒海之势汹涌而来，冲撞着一部部大块头的牵引车。激流中，牵引车剧烈摇晃。

高建成高声喊道："不要慌！快解背包带，把车连在一起！"在他的指挥下，战士们迅速展开自救与互救。突击队员脱下救生衣穿在不会水的战士身上。

高建成带领战士爬上车顶，解下背包带与前面一连连长黄顺华带队的车连在一起。由于高建成所在牵引车已开始倾斜，高建成命令车上的战士和老百姓顺着背包带迅速转移到黄连长的车上，高建成最后一个离开后，车子即被洪水吞没。

此时，黄连长看到高建成脸色发青，知道他几天来一直带病扛沙包筑堤坝，身体极度虚弱，便不由分说将一件救生衣套在他身上。

此时，高建成扭头看见不会水的新兵赵文源正不知所措，便一把脱下救生衣套在他身上，并叫过一个会水的班长说："快带他到树上去！"

滔滔激流中，高建成和黄顺华带领战士们将背包带拴在一起，大家向树上转移。肆虐的洪水还在疯狂上涨，高建成一边组织疏散战士，一边不断大声喊着："同志们，不要惊慌，有我和连长在，有党员干部在，就一定要保住战士们的生命，就是牺牲我们也要保住大家。"

突然，一阵浊浪涌来，高建成被掀入激流之中。漆黑的夜色中，高建成在激流中漂游着，多日的劳累和病痛使他疲惫不堪，按他的水性他完全能够游到旁边的树上求生，但他没有，考虑到水中可能还有战友和群众，他边游边开始寻找，他喊道："水中有人吗？"

突然，身边响起了微弱的呻吟声："我是一连的刘楠。"高建成奋力游到他身边，告诉他："我是指导员高

表彰英雄

建成，别慌，跟我来！"

一只大手抓住了刘楠的胳膊，高建成拖着刘楠游进了树丛。此时，刘楠已无力爬到树上，高建成也筋疲力尽了。他和刘楠在水中时沉时浮。

高建成边游边鼓励小刘："一定要顶住！"正说着，一个浪头打来，高建成借势用肩膀把刘楠顶到树上。刘楠高喊着："指导员，太危险，你也上来吧！"

高建成摆了摆手，再次游向激流中寻找落水的战友。"救救我！"高建成循声游去，一把抓住正在下沉的十三班战士何董华的手，拖着小何不顾一切地游着，一米、两米……终于游到了一棵树旁边，虚弱的小何被高建成猛力一推，就势抓住了树枝。

当小何回过头寻找指导员时，只看见他的头和手露了一下，便被洪流裹挟而去。8月3日中午时分，在距洪水决口3公里处，高建成的遗体被打捞上来。

为了抗洪，为了战友，高建成毫不犹豫地献出了自己33岁的青春年华。

9月4日，中央军委授予高建成"抗洪英雄"荣誉称号命名大会在京隆重举行，总政治部主任于永波宣读了江泽民主席签署的中央军委授予高建成同志"抗洪英雄"荣誉称号的命令。大会还号召全体指战员向高建成同志学习。

李向群极度疲劳献出生命

1998年8月22日，年仅20岁、参军20个月，党龄只有8天的李向群，家富不忘报效国家，舍生忘死为民献身，牺牲在荆江大堤上，可歌可泣，英名永存。

正像他生前所说：

> 一个人的能力有大小，但只要为人民勇于牺牲奉献，就是一个有价值的革命军人。

1998年6月13日，李向群回家探亲。也就是从那个时日开始，我国广阔的大地开始遭受历史上罕见的洪水灾害。李向群虽然回到了家里，但他每天晚上都打开电视关注着各地的水情。6月22日，休假仅8天的李向群为了抗洪提前返回部队。

6月24日，漓江水位暴涨，桂林市区大面积进水，火车站北站水深达1.2米。部队接到紧急任务，要到青狮潭水库抢险。刚刚归队两天的李向群和大家一起扛沙包垒大堤，干了两天两夜，圆满地完成了任务。

1998年8月5日，李向群所在部队接到紧急命令，立即赶赴湖北灾区。部队没来得及吃饭，又饿又渴，经过三十几个小时，刚到达湖北沙市，就立即奔上大堤

表彰英雄

抢险。

8月7日14时，李向群随部队从沙市到达弥市镇。8月8日8时30分，荆江干堤马浩段大面积散浸，部分地段出现滑坡，情况紧急，部队迅速上堤抢险。

李向群迅速穿上救生衣，扛着铁锹，和战友们一起赶往大堤，立即投入抢险。别人一次扛一个沙包，李向群扛两个，排长郭秀磊劝他说："向群，悠着点劲，干得太猛，明天怎么办？"

李向群笑着说："排长，没关系，我年轻有的是力气，再说，力气用完了还可以再长啊！"太阳当头照，李向群扛着两个沙包，不一会儿，衣服就被汗水湿透了。

战友朱天平看到李向群这样拼命干，也非常心疼。朱天平知道劝也没用，就在给李向群装沙土的时候少装一些。李向群发现后，撑开编织袋，使劲嚷着："再装点！再装满一点！"

李向群嫌小朱动作慢，干脆把铁锹抢过来自己装。两个半小时，李向群双肩被编织袋蹭破了皮，渗出了鲜血，一共扛了50多趟，是全营扛沙包最多的。

8月7日晚，李向群在湖北沙市的弥市镇大口村，怀着激动的心情趴在背包上连夜写了一份入党申请书。

8日早上，李向群涨红着脸对指导员说："这是我的入党申请书，请党支部在'水线'上考验我，把最艰巨的任务交给我，最危险的地方让我上，我一定用实际行动证明我的入党誓言。"

8日23时，为迎战长江第四次高峰，九连的临时会议室里，正在热烈讨论参加抗洪抢险突击队人员名单。

李向群刚刚递交了入党申请书，一心想加入突击队。可是，他听说参加突击队的都必须是党员、干部和骨干。可他什么都不是，想什么办法才能加入突击队呢？

李向群来到会议室门口，壮着胆子喊了一声"报告"，就推开了会议室的门。正在屋里开会的人都不做声了，不知道他有什么事。李向群看到大家疑惑的目光，也有些不自在，一下子说不出话来了。

这时，指导员胡纯林开了口，他明白李向群是来干什么的。他说："怎么还没休息？有什么事明天再说吧！说不定一会儿还要去抢险呢！"

李向群定了定神，大声说："我正是为这事来的，请批准我参加突击队吧！"他说得很恳切，两只眼睛看着大家。

指导员听了李向群的话非常感动，说道："你提的要求很好，我们很高兴。但是，作为一名战士，要服从组织的安排！"

李向群有点着急，说："我自幼在江边长大，身体结实，水性好，最适合担任抗洪抢险突击队员了。"

连长说："你的心情我们理解。可是，突击队员要求是党员和骨干。你不是骨干，也没入党，就不要参加了。"

李向群急着说："连长，指导员，我虽然不是党员，但我已交了入党申请书，让我在突击队里接受考验吧！"

表彰英雄

大家听了李向群的话，觉得有道理。连长和指导员也交换了一下眼色，会心地点了点头。

指导员站起来说："好了，根据李向群同志的一贯表现和他强烈的要求，我同意他参加突击队！凡是同意的举手！"

李向群如愿成了突击队员，高兴地走出了会议室，抓紧做抢险的准备去了。

8月13日10时25分，李向群随部队火速赶到弥市大坪口幸福闸排险。这时候，长江第五次洪峰逼近沙市，幸福闸发生较大面积散浸，需要迅速查清漏洞，排除险情。

幸福闸这个地方，江面弯多水急，漩涡不断，恶浪一个接着一个地扑向堤岸。连长正在考虑下水排险的人选，李向群拨开人群走到闸前对连长说："我下去试试！"说完一个猛子扎下去。

30秒、50秒，李向群一直没露头。大家都着急起来。1分钟过后，李向群才从下游十几米的水面冒出来。

指导员忙问："怎么样？"

李向群说："水流太急，控制不住身子。"连长命令拿背包带，把6只沙袋捆在一起放入水里，脱掉衣服要亲自下去。

李向群一下子把背包绳抢过来，说："连长，我下去过一次，心里有底，还是我下吧！"说完，李向群抱着沙袋沉入了水中。

在下沉当中，李向群的右脚踝关节不小心碰到了闸门，被划开了一个 4 厘米长的口子，鲜血直流，可他全然不顾，手脚并用，来回探寻，终于找到了闸门渗水口的准确位置。

李向群上岸后，连长见他右脚踝流血不止，立即叫卫生员为他包扎，并让他去休息。李向群不肯，说："多一个人就多一份力量，多扛一袋沙包，大堤就多一份安全。这个时候，我怎么能休息！"李向群又和大家投入了封堵管涌的战斗。

在全连官兵的共同努力下，终于封住了渗水洞，排除了险情。

8 月 14 日，由于李向群在抗洪抢险中表现出色，经连队党支部大会讨论，一致同意接受他为中共预备党员。

8 月 16 日，长江第六次洪峰到达荆江，沙市水位达45.22 米，创历史最高纪录。17 时 30 分，李向群和战友们来不及吃晚饭，便火速赶到南平大堤投入抢险。

这时，有的堤段河水已漫过大堤，次日凌晨 4 时，九连作业区正南侧约 300 米处突然发生了 10 多米长的内滑坡，情况紧急。

李向群大喊一声："不好！快上！"便带头跳入水中。随即，九连官兵也纷纷跳入水中，大家手拉手筑起两道人墙护住了大堤。

8 月 17 日上午，与洪水搏斗了一夜的李向群，悄悄来到营部找到卫生员。他向卫生员要感冒药，一试表，烧得很厉害。卫生员给他开了两包药，让他签个字，回

表彰英雄

去休息。李向群想，签了名就不能上大堤了，一点感冒用不着休息。

卫生员王稳容曾和李向群一起参加函授学习，李向群就对他说："大家都在大堤上抢险，我又刚入党，怎么能休息，如果连里干部问起这件事，你可要给我保密。"卫生员说："这次我给你保密，下次可不行了。"

8月19日上午，李向群仍然没有退烧，听到天兴堤段出现8个管涌群后，又和战友们奔向天兴堤。其实他请个假就可以在家休息，但是他觉得堤上多一个人就多一份制伏洪魔的力量。况且，自己已是一名共产党员了，更应严格要求自己，应该轻伤不下火线。

在天兴大堤，李向群看到浑浊的江水从管涌口喷出，便扛起沙袋就跑，两袋、三袋、四袋……他忘记了病痛，渐渐地，他的脚步慢了下来，头不怎么痛了，可是昏沉沉的。

突然，他觉得好像碰到了什么东西，一看，是指导员和排长。排长责怪李向群，说："休息一下，不要劳累过度了。别人扛一包，你老是扛两包，这怎么行！"

指导员看到李向群脸色发青，用手一摸他的额头，真烫手，就对排长说："把他送回去！"李向群不肯走，分辩说："这点小病不算什么！"指导员说："你带病坚持抢险，精神可嘉，但这种做法不可取。"

李向群死活不下堤，一直带病坚持战斗，直到晕倒在大堤上。李向群被送进了卫生队。

在卫生队里，李向群躺不住，一听有情况就不顾一切地往堤上跑，前后三次"出逃"。他说："都什么时候了，我还能躺得下?!"

8月21日，南平大堤有一段堤基塌陷，引发70米的内滑坡，汹涌的江水不断冲击着江堤，随时都有崩溃的危险。

8时，全团官兵到南平大堤险段抢险，有的挥舞铁锹装填沙包，有的肩扛手抱沙包，干得热火朝天。

忽然，一班长王绍发现李向群也在大堤上。指导员跑过去，说："快回去，你还要不要命?"

李向群真诚地说："指导员，险情这么急，全团都上了，我在医院里躺着不踏实。"

指导员命令道："不行！你必须回去！一班长，你把他送回去！"李向群被推上了车。可是，不大一会儿，李向群又出现在大堤上。

李向群带病坚持抢险，和战友们一起装填沙土，搬运沙包。他感到阵阵头晕，却不肯少填一铲沙，少扛一个沙包，少跑一步路。战友们看他脸色发青，嘴唇发紫，都劝他休息，他微微一笑，说："我没事的！"

10时左右，李向群已经非常疲累。当他扛着两只沙包再次爬上大堤时，头一阵儿发晕，一个跟头栽倒在大堤上。

战友们赶紧围过来一看，沙袋压在李向群的肩膀上，他的鼻孔渗出了鲜血。一位在堤上送水的老大娘唐书秀，将李向群抱在怀里，急忙褪下手镯给他刮痧。

55岁的唐书秀看着不省人事的李向群眼泪汪汪，心

里一阵难过。15分钟以后，李向群苏醒过来。他喝了两碗水，休息了几分钟，不顾大家的劝阻，又扛起了沙包。

这时，他每走一步，双腿像灌了铅似的沉重，还直打战。他咬紧牙关，紧锁眉头，心里默念着：坚持，坚持，再坚持。满头汗水的李向群扛到20多包沙袋时，终因疲劳过度，一头扑倒在大堤上，口吐鲜血，昏死过去。

11时5分，李向群在教导员王战飞的护送下，被送进公安县第二人民医院急诊室，经过半个多小时的抢救，李向群才慢慢睁开了双眼。

此时李向群生命垂危，但他还用微弱的声音对教导员说："管涌堵住了没有？还滑不滑坡？晚上还有没有任务？"

教导员流着眼泪说："向群！你安心治病吧，大堤没事了。"

当天下午，李向群被紧急送往武汉抢救。因为他极度劳累，导致心力衰竭，肺部大面积出血，经多方抢救无效，于22日10时10分永远闭上了眼睛。

1998年8月28日，南平镇港关中学校门口挂着"李向群同志永垂不朽"的横幅。13时30分，部队在港关中学为抗洪英雄李向群举行了隆重的追悼会。

师政委曾求腾噙着泪花念悼词，念着念着失声痛哭起来。琼山市副市长王舜边哭边说："向群是党的好儿子，是我们琼崖人民的好儿子啊！"

从此，李向群，一个崇高的形象永远屹立在千万人的心头！李向群，又一位伟大的英雄，名垂千古！

钢铁战士吴良珠带病抗洪

1998 年 8 月 21 日，26 岁抗洪战士吴良珠，终因劳累过度，病情恶化，栽倒在大堤上。

在 105 医院，他被确诊为肝癌晚期。医生们无法想象，身患晚期肝癌的吴良珠，竟在抗洪一线英勇战斗了 55 个日夜。专家们眼里噙着泪："简直不敢相信，这样危重的病情还在大堤上战斗，这需要多大的毅力啊！"

6 月下旬，从到长江干堤到住进医院，安庆军分区专业军士、汽车驾驶员吴良珠在大堤上整整战斗了 55 天。

安庆军分区抗洪前线指挥所设在长江同马大堤，吴良珠负责保障指挥所的指挥用车。按说，任务只是开车，但是，吴良珠却把自己"编"入了突击队。

7 月 27 日，同马大堤杨湾闸口东西两侧同时出现渗水，碗口粗的水柱向闸外喷涌而出。此闸一破，将直接威胁下游 20 多个乡镇 80 多万人民的生命财产安全。搏斗 48 小时，险情排除了，吴良珠却昏倒在了大堤上。

7 月 31 日，沟口电站出现特大管涌。跟随军分区领导赶到现场的吴良珠，奋不顾身跳进齐腰深的洪水中传递沙袋，慢慢地，他的速度慢了下来，接过最后一个沙袋后便一头栽倒在水里。

连战友们也记不清楚，吴良珠在大堤上昏倒了多少次，只是多次听他说："作为一名战士，应该把祖国和人民的利益放在高于一切的位置上。"

吴良珠的家乡就在长江边望江县同马大堤巩固圩，也遭受了水灾。乡亲们捎来口信："良珠，你父母都 70 多岁了，身体又不好，正盼你早点回去搬家呢。"

吴良珠犹豫再三没回去，他想：大堤保不住，更多人民的生命财产不就像自己家乡一样了吗？他对捎信人说："请转告我父母，现在正是抗洪的节骨眼上，我走不开……"

50 多天里，吴良珠四次路过自己的家门，但一次也没有进去。吴良珠觉得人在大堤上心里才踏实，他几次对命令他回家看看的领导说，多一个人就多一份力量。

劳累使吴良珠病情急剧恶化。7 月下旬以来，吴良珠的身体一天比一天消瘦，饭量也一天比一天少，他还经常用手捂着肚子。

每次病情发作时，吴良珠就到卫生所拿点止痛药，医生问他哪儿不舒服，他只是说："胃有点疼，没关系，我年轻，睡一觉就好了。"

然而，"睡了一觉"的吴良珠还是不能遏制病情的恶化。

8 月 3 日上午 8 时，吴良珠发起了高烧，在指挥所里打吊针。那天，中央电视台的两名记者急着赶往抢险救灾现场，吴良珠听说后立即拔去吊针，驾车直奔广济圩大堤。

8月10日，冒着40摄氏度的高温战斗在江调圩上的吴良珠腹痛不止，他咬紧牙关，用草包顶住腹部坚持战斗。终于，他累倒在堤脚的沙包上。

那天半夜，战友赵胜伟一觉醒来发现吴良珠不在，便四处寻找，只见他蹲在车库旁的大树边，双手紧紧抵住腹部，发出轻微的呻吟声。小赵忙问怎么回事，吴良珠说："没事，肚子有点疼。"

第二天，赵胜伟要求接替吴良珠，承担起往抗洪指挥部送急件的任务。吴良珠坚决不肯："你的车况不好，又不熟悉路线，还是我跑吧！"

"熟悉"成了吴良珠不下"水线"的最好理由。50多天里，吴良珠每天都至少要跑300公里以上，睡眠只有两三个小时。

8月16日晚，军分区徐政委见忙了一天的吴良珠只喝了一碗汤，不忍喊他出车。吴良珠急了："长江大堤的路我熟悉，我去速度快！"一个晚上，他拉着军分区领导从广济圩到枞阳江堤，直到凌晨3时才回来。

那夜，吴良珠再次昏了过去。

没人想到平日里体壮如牛的吴良珠这些日子会"说昏就昏"。当领导、干部、战士知道他的病情后，许多人痛哭失声："他是累成这样的啊！"

8月21日，安庆军分区门诊部的医生，送吴良珠转院检查治疗。上救护车前，吴良珠左手按住腹部，右手从上衣口袋里掏出身上仅有的10元钱，对战友说："早

表彰英雄

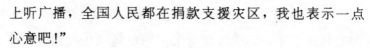

上听广播，全国人民都在捐款支援灾区，我也表示一点心意吧！"

　　手术当天下午，吴良珠从昏迷中醒来。陪护的虞伟根说："分区那边有事，我不能陪你了，让杨助理员陪你。"虚弱不堪的吴良珠忙问："是不是江堤又发生险情了？"

　　分区政委徐如栋赶到合肥看望吴良珠，望着在抗洪前线日日夜夜战斗在身边的战士枯槁的面容，徐政委泣不成声。

　　9月16日，中央军委授予吴良珠"抗洪钢铁战士"荣誉称号命名大会在合肥举行。人们说，是钢铁般的意志铸就了这个钢铁战士。

周菊英栽倒在抗洪大堤上

1998年盛夏，暴雨肆虐，江水猛涨，百年一遇的洪水不期而至，奔腾咆哮，以强劲凶猛的势头，袭击险中之险的荆江。

大垸乡黄木山村妇联主任、共产党员周菊英，在大堤上连续奋战37个昼夜，终因劳累过度，于8月8日凌晨4时，一头栽倒在自己竖起的"生死牌"下，用年仅44岁的生命，谱写了一曲壮丽的人生凯歌。

进入汛期，黄木山村奉命镇守在荆江险段合作垸鱼尾洲。面对严峻的防洪形势，做好后勤保障工作显得尤为重要。

正当村支部为选任"粮草官"犯愁时，周菊英主动请缨，承担通信联络、召集劳力、筹集防汛器材等工作。

周菊英深知责任重大，接受任务后，她索性住进村部值班室，昼夜不停地接通知、传命令、催劳力、送器材，整天忙得团团转。

7月2日深夜23时，电闪雷鸣，大雨倾盆，洪水一个劲儿地疯涨，周菊英接到乡防汛指挥部的命令：限在3日6时前，按户平均10条编织袋收齐运到指挥部。

"时间就是生命"，时限仅有7个小时，周菊英火速跑到广播室，连续数遍向务农户传达命令，然后推上三

表彰英雄

轮车，到地形复杂、农户居住分散地段，挨户收集编织袋。暴雨如鞭，大风刮翻了手中的雨伞，她浑身湿透，挨家挨户收齐了 2700 多条编织袋运到村部。

村里的机动车已全部上堤待命，这些编织袋怎么运到指定的地点呢？周菊英叫醒刚从外地回娘家的女儿、女婿，连夜用两辆板车，拖着沉甸甸的编织袋冒雨赶路。

天黑路滑，周菊英患上严重风湿性关节炎的双腿不听使唤，她摔倒了又爬起来，爬起来又摔倒，雨水、汗水、泥水顺着发梢往下淌。事后，周菊英才发现身上摔得青一块紫一块的，受伤达 11 处之多。

3 日晨 4 时 15 分，周菊英将编织袋送到指定堤段，她累得趴在指挥部的门槛上，喘息着问："还需要我做什么？"

周菊英刚返回村部，又接到指挥部的命令：紧急组织 100 名劳动力，增援抢险堤段。周菊英顾不得喝一口水、换一件衣服，又冒雨组织人员上堤增援。一连 20 多天，周菊英没吃上一顿安稳饭，没睡上一个囫囵觉。

连日劳累，使她的双腿像灌了铅似的，连迈步都感到极度困难，但周菊英一声不吭，咬牙坚持，先后收集编织袋 1.7 万条，出色地完成了指挥部每次下达的防汛器材筹集任务。

所有通信联络、命令传达、劳力调配、后勤保障都安排得井井有条，没有出现一次差错，她多次受到乡防汛指挥部的肯定和表扬。

超历史水位居高不下，洪峰一次次紧逼荆江大堤，危急时刻，周菊英奔赴大堤，和村干部在防守堤段竖起"生死牌"。

酷暑下，她抢筑子堤，搬运袋土，处处和小伙子争先；夜幕下，她巡堤查险，挖沟导滤，事事以身作则；烈日下，她浑身被汗水湿透，衣服没有一根干纱；深夜换班时，随手搂把稻草，靠着墙角打会儿盹。

8月7日凌晨，鱼尾洲堤段发生溃口性特大翻沙鼓水群险情，刚巡堤换班的周菊英又投入抢险，40多公斤重的沙袋，她一趟接一趟跟着小伙子们跑步扛运，一干就是3个多小时。她肩上蹭破了皮，双手满是血疱，硬是坚持到险情被完全控制，她累得趴在地上再也不能起来。

仅两小时后，周菊英又拄着木棍顽强地站了起来，带班巡堤查险。她两腿关节剧烈疼痛，只好双膝着地，一步一步往前爬，膝盖磨破了，鲜血渗入了养育她的沃土，50余米长的地段上留下了一行殷红的血迹，她仍然坚持细心查险。

周菊英凭着女人特有的细心，在一口老井旁发现了一处翻沙鼓水险情。她自己守在井口，派人火速报告指挥部。经及时抢护，避免了一场毁灭性的灾害。

8月8日7时，周菊英又上堤巡堤查险，哪知她走了不到30米，便眼前一黑，一头栽倒在"生死牌"下，等到医生和救护车赶来，周菊英的心脏已停止了跳动。"生死牌"上，鲜红的大字写着：

表彰英雄

117

服从命令，听从指挥。誓死保卫大堤，誓死保卫家园！

周菊英用自己的生命，实践了共产党员的铮铮誓言，用有限的生命在石首人民心中，树立起一座基层干部为党和人民利益生命不息、战斗不止的不朽丰碑！

周菊英牺牲后，中共石首市委、市人民政府作出决定，号召全市开展向周菊英同志学习的活动。荆州市人民政府追授她为"三八"红旗手，湖北省人民政府追认她为烈士，湖北省见义勇为基金会追授她"省见义勇为先进分子"称号。

江泽民总书记在听取周菊英事迹汇报后，称赞她是"抗洪女英雄"。全国妇联追授周菊英为全国"三八"红旗手、全国妇女抗洪救灾先进个人，并决定在全国广泛开展宣传学习活动。

在 1998 年的抗洪大战中，从上到下，有多少可歌可泣的英雄人物，多少勇于奉献的感人故事，我们无法一一说清。但是，抗洪的精神却永远留在了人们的记忆中，成为中国人民战胜困难、不断前进的动力！

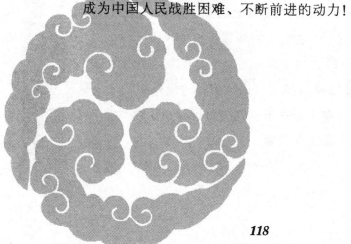

参考资料

《众志成城》张德崇等著 解放军文艺出版社

《1998 中国大洪水》国务院新闻办公室编著 五洲传
　　播出版社

《长江悲鸣曲》郭同旭著 花城出版社

《薪火相传："抗洪抢险英雄连"纪实》肖福恒著 白
　　山出版社

《屹立：98 武警九江抗洪纪实》刘秉荣著 人民武警
　　出版社

《李向群和他的战友抗洪日记选》谢良进选编 广西
　　人民出版社

《98 中国大抗洪》乔林生 程文胜著 长征出版社

《凝眸 1998：一位省纪委书记抗洪抢险手记》马世昌
　　著 江西人民出版社

《橄榄绿防线：98 中国武警抗洪抢险实录》吴天智主
　　编 解放军文艺出版社

《宜昌奇迹：一九九八年抗洪抢险纪实》杨尚聘等主
　　编 中国农业出版社